U0628690

大风诗丛

徐向中 主编

听梅落雪

郑红弥 著

中国书籍出版社
China Book Press

图书在版编目（ＣＩＰ）数据

听梅落雪 / 郑红弥著. -- 北京 ： 中国书籍出版社，2023.11

（大风诗丛）

ISBN 978-7-5068-9647-4

Ⅰ．①听… Ⅱ．①郑… Ⅲ．①诗集－中国－当代 Ⅳ．① I227

中国国家版本馆 CIP 数据核字（2023）第 216447 号

听梅落雪

郑红弥　著

策划编辑	毕　磊	
责任编辑	毕　磊	
责任印制	孙马飞　马　芝	
封面设计	郝　丽	
出版发行	中国书籍出版社	
社　　址	北京市丰台区三路居路 97 号（邮编：100073）	
电　　话	(010)52257143（总编室）　　（010）52257153（发行部）	
电子信息	eo@chinabp.com.cn	
经　　销	全国新华书店	
照　　排	徐州盛景包装设计有限公司	
印　　刷	徐州市环城印刷有限公司	
开　　本	787mm×1092mm　1/16	
字　　数	1763 千字	
印　　张	138	
版　　次	2025 年 2 月第 1 版　　2025 年 2 月第 1 次印刷	
书　　号	ISBN 978-7-5068-9647-4	
定　　价	560.00 元（全 7 册）	

版权所有　翻印必究

悠悠雅韵　浩浩诗风

——《大风诗丛》总序

　　徐州，自《徐人歌》《大风歌》而后，两千多年来，风骚灿烂，作家星布，代出奇才，不可胜数。徐籍大家刘邦、刘彻、刘交、韦孟、刘细君、徐悱、刘商、刘孝绰、刘令娴、刘禹锡、李煜、陈师道、刘端礼、刘彦泽、陈铎、马蕙、李向阳、阎尔梅、万寿祺、李蟠、张竹坡、孙运锦、张伯英、祁汉云、王学渊、韩志正、周祥骏等，光耀史册，激励后来。

　　新中国建立，特别是改革开放四十多年来，经济发展，社会进步，生活安定，舆论宽松，中央倡导弘扬优秀传统文化，推进精神文明建设，增强文化自信，故而吟诗填词，好者群出，一时比学赶帮，人才济济，结集成册，遂成时尚。近年来，徐州诗人荣获国家、省、市诗歌大奖者络绎不绝，所刊之诗词集，何止百部，真个前所未有。2013 年，徐州更是荣获"中华诗词之市"光荣称号，实为众星捧月之果，其华熠熠，遐迩争誉。

今年，柳振君、刘学继、王惠敏、李贤君、马广群、郑红弥、黄亮，联袂出版《大风诗丛》，这是徐州吟坛又一喜事。他们既有笔耕多年、声名远播的老手，也有写作不久，但才华不浅的中年，还有 1980 年代的后起之秀。

《听梅落雪》是郑红弥诗文作品的一次集中展示，内容包括词、自由体诗、散文。

词的写作涉猎三十多个词牌，无论长短，多能切题得体。

如：眼儿媚·闺情

悄问东君几时来，推月小梅开。燕莺自在，枕边清字，信手拈裁。绮窗花影低眉黛，画扇掩羞腮。此心似在，飘飘云外，蜂蝶休猜。

本词从问司春之神（也是隐喻所思之人）何时来开篇，而后顺着时光的流动，写自己的想往，借以抒发"闺情"。作者的内心活动，借助外景：小梅、燕莺、花影，内景：枕边、绮窗、画扇，动作："信手拈裁""低眉黛""掩羞腮"等展现，接着虚写"心""飘飘云外，蜂蝶休猜"，使其灵动。以虚问始，以虚问结，中间情景互补，得填词之法。其它如《长相思慢·忆》《武陵春·伤怀》《蝶恋花·幽怨》等，都是从不同角度抒发类似情怀。

在自由体诗的写作上，能积极探索，善于运用多种艺术手法，一些作品委婉曲折，诗味浓郁。

其散文，短小简练，有对成长的记录，有对亲情的回忆，有对生活理性的思考，还有怀旧的思绪。其文字朴素，体现了对生活的感悟。本集有楚楚先生作序，条分缕析，中肯细致，此不赘述。

谨以七绝题赞

长往人生美处寻，红梅白雪作知音。

笔耕口诵伴朝夕，明朝奋发向丹岑。

七位作者的诗词集，基本体现了各自水平，所抒发的美好、真善、爱憎，都是发乎内心的，都有着明显的地域特色和时代特征，从中可以感受他们良好的文学修养以及深厚的生活积累。悠悠雅韵，浩浩诗风，本丛书的出版，也从一个侧面，印证了徐州诗坛创作的兴旺红火，但愿能得到读者的欢迎喜爱。最后，谨以一阕《清平乐》为贺：

诗词七卷，各把真情献。尽敞胸襟传美善，耀目缤纷灿烂。

欣逢家国隆昌，和风喜伴春阳。助力文明进步，绵绵心曲飞扬。

徐向中

2023 年 10 月

序

2023 年 9 月，郑红弥开始系统学习格律诗词，在这之前她已写作许多年，具备良好的专业素质和文化素养，作品颇丰，影响广泛。闲暇时，她琴棋书画，无不涉猎，样样皆通。

三年来，郑红弥不单掌握格律诗词全要领，还潜心笔耕，在忙碌的工作和生活中创作出几十阕词，几十首自由体诗，数篇散文，从中可以体现她的敏慧和勤奋。本集所收，除近三年来的作品外，还汇入了她往日发表在报刊上的一些作品，颇为可观。

郑红弥的作品，题材上，有赞颂国家发展和家乡风貌的，但大多以个人生活为主。形式上，有词中最短者，如"十六字令"；有词中最长者，如"莺啼序"，无论小令、中调、长调，她都有尝试。在艺术技巧上，能够情景相融，文质兼顾。如：

十六字令

花，曼舞枝头不自夸。严冬里，香溢在谁家？

这阕小词，用了三种修辞手法：前面拟人，中间叙述，后面设问。

前说花的谦逊，结语之问，没有答案，让读者去联想、填空。虽仅16字，前面灵动，后面蕴藉，一波三折，既富内涵，又足韵味。如：

捣练子

山耸翠，水流清，袅袅和风伴月明。一曲丝弦人不寐，满池花影到三更。

这阕小令，得到著名女诗人、诗评家张金英的称赞。认为既状山水之态，又现清风明月的画卷，还表现了人们彻夜欢歌的情景，尤其以景结情，含蓄有余味。

再如长调《满江红·观音机场》《词》的开篇，以机场的名字展开联想：观音，译为"观自在""观世自在"，表示具有大智慧，能够完全自在地洞察一切，达到事理无碍的境地；她"悲智双运"，专做利他的事业，又达成庄严自利的功德；这也正是机场所蕴含的。

接着实写，"银鹰"指飞机，"正举"指腾天。成语"云蒸霞蔚"形容天空灿烂绚丽。"扶摇"原指飙风盘旋而上，这里指飞机腾飞。"寰宇"即整个宇宙空间，指飞机在天空自由翱翔。"渡海惊涛淹旧史，雄风空港铺新路。"此联声律对仗、内容古今对比。前句说昔年出国靠轮渡，时长境危，惊涛骇浪，这样的时代已成历史，而今"空港"，铺的是蓝天"新路"，这是时代的进步。这里用两个截然相反的事例，达成了强烈的时空观和对比碰撞意识，增强了词的厚重感和说服力。"雄风"原指强劲的风，借指威武出众的气概，这里指机场实力表现出的令人为之折服的魅力。这个魅力，就是"五大洲、来往岂辞劳，扬声誉"。

下阕，从近处、细节描述服务对象："联情谊，欢行旅；邀嘉友，携朋聚。"这里有邀请来的国际友人、有招商引资来的商家，有旅行观光的客人。"廿年肝胆赤，倾心客户。守诺推诚从不懈，炎阳寒雪仍如许。"这是从精神层面叙述机场人的自我要求、服务质量、文明高度。词的最后，境界升华："傲辽天，为我大徐州，长腾骞！"为了大徐州的发展进步，要永远高傲自豪地腾飞在广袤的长天。

全词紧密结合机场实际，有联想，有叙述，有远景，有细节；串起了过去、目前和未来；内涵丰富，虚实相映，音韵铿锵，余味悠长。这是为家乡、为机场捧献的一阕好词。

本集中的自由体诗，抒发家国情怀的有《一眼千年》，选取典型人物，颂扬古今巾帼英才；《寻得空港一缕春》《风雨并肩》，讴歌的是机场人疫情中的风采、美德、业绩和周到服务。其他多是日常读书、写作、绘画以及个人生活的记录。其中的一些作品，艺术手法多样，耐读耐品，趣味浓郁。如：

美丽中国

当青山诗情／定格绿水画意／温柔写满天地／解读构图／生机与活力

江海／心潮起伏／燕鹊／穿梭欢喜

已非畴昔／四字／不言而喻

美丽中国／张弛的线条／完美释义

这首诗，一二句将"青山绿水、诗情画意"两个成语打乱，错位组合，给人一种新鲜的阅读享受。用"定格"一词，强调祖国的山河之美是牢固的、永恒的、不容置疑的。"温柔写满天地"，蕴含的是国家的和谐、百姓的安宁。如画的祖国，要解读她的构图，充盈的是"生机与活力"。"江海／心潮起伏"，是拟人，是象征，也是借代，隐喻中华民族昂扬奋发的状态。"燕鹊／穿梭欢喜"，是青山绿水的明证，是人与自然和谐发展、和谐共处的写照。"已非畴昔/四字/不言而喻""畴昔"即往日、从前。有了前面所述事例，国家面貌已非昔日可比，不用再说也可以明白，因为道理浅显。"张弛"，张，即拉紧，弛，即松弛，就是一紧一松。源自成语"一张一弛,文武之道"，这是文王武王治理国家的方法。是说要治理好国家，就要让人民有劳有逸，劳逸结合，使工作生活有节奏地进行。这里用来比喻国家的发展正在有节奏有规律的进行，人民的生活和工作，劳逸均得到了合理安排，所以结尾用"完美释义"。

这首小诗，不但内涵丰富，而且艺术手法也灵活多样，内在的逻辑性也较紧密。如：

叠　放

记忆的行李/塞满发黄的/窃窃私语/羞红了/倚门回首的花笺小字

窗纸打湿的/杏花雨/裁剪出七分春意/烘干了诗行短句

访遍/文人笔下的千古唱词/不知如何/描摩你

青鸟无迹/我只能/把四季与相思/叠放一起

"窃窃私语"能发黄吗？"花笺小字"能羞红吗，能倚门回首吗？"四季与相思"能叠放吗？这都是不合常理的，但从情感上、从心理上是可以的。在文学里，石头可以说话，花木能够欢笑，抒情可以超越时空、异类嫁接、活化事物等，本诗，就灵活运用了这些，所以感觉新颖别致。

青鸟是三足神鸟，是传说中西王母的使者，西王母驾临前，总有青鸟先来报信。文学上，青鸟是被当作传递信息的使者。南唐中主《山花子》有"青鸟不传云外信，丁香空结雨中愁"的句子。

诗中"发黄的"就是过去的，传信的青鸟无迹，常年（四季）的相思只能储存（叠放）。这些，如果照常而说，就少了诗味。这首诗，有美好回忆，有想往猜测，有遗憾失落，写的婉曲、妩媚、含蓄，抒发了作者一个特定时段的心情。

郑红弥的散文，笔触细腻，善于联想，有歌美扬善的，有化古出新的，有议论风生的，有倾吐块垒的，等等。如《月是中国圆》，描述京津冀洪灾中的感人事迹，生动具体；《若待上林花似锦》，展现疫情中的社区、机场党员干部、白衣战士忘我的奉献精神；《观音伴君行四方·诚为衣兮信为裳》全面而细致地展示了观音机场23年来的理念、业绩、感人事例等。《潘安湖夏日》《戏马台游记》，则是赞扬家乡的风景和名胜；《兔趣》《鹦鹉学舌》等，体现宠养小动物的爱心和乐趣。还有如《听尽梅花落雪音》，写的是"琴"，旁征博引，典雅凝练；如《竹》，描形写神，亦古亦今，联人系己，回环曲折；如《苦瓜》，则提炼出生活的哲理："苦难不可避免，敢于直视，勇于挑战，方悟真谛，方致回甘。"《听秋蝉》，能从中悟到"蛰伏数年""积蓄力量""厚积以发"。

作者描写自己的日常生活片段，皆能吐真情、抒实感，尽显性情。像《听雨》，由窗外落雨，写到"喜欢听雨"，又由雨，联想到诗人词客笔下的雨，如宋人蒋捷，现代张爱玲、徐志摩、邵亨贞、三毛等。文章最后："行笔一段，复又睡去。雨便由窗外、心尖，自然而然下到了梦里。梦中，依稀记得自己背人而泣，撕心裂肺，锥心痛骨，背景煽情的音乐适时响起，好应景，一如古装连续剧。剧情不长，画面戛然而止。泣中醒来，不明梦中巨细，不晓那个悲情的自己，缘何锥心如斯，因何人而起？不得知。许是由这一场雨，延至梦里，寻回前尘的自己，那一段锥心往事。诚如三毛所言："雨中的日子总是湿的，不知是雨还是自己。"今夜，妥妥被雨打湿……"

这一段，照应开头。开头是"喜"，结尾是"悲"。喜有"缘"，喜缘是雨的"温婉与缠绵"；悲有因，悲因是雨中的"撕心裂肺"。喜与悲，是为雨，也是为人。这人是谁？作者没说，留下悬念，留下的也是余韵。

一篇短文，知识性、趣味性、文学性以及自己的心绪，有机融汇；叙述、联想、议论、回忆，手法多样，真切动人。

文扬风采，诗吐心声。本集展现的是作者的情怀和才华，在喧嚣、速时的背景下，她独居一隅，静心诗书，着实不易不俗。

金气潜入，秋雨清漫，书香沁心，她又翩然而至，再度与天地唱吟！

半个僧人

2023 年仲秋

目录 CONTENT

平凡思絮·散文

后 记

古调新弹·词

沁园春·美丽中国

声绕溪亭，鹤起烟汀，雨罥杜蘅。有纸鸢寻径，桑畦耿耿；泽葵依井，田垄明明。洗翠山陵，施朱瓦影，稚子推舟怜碎萍。东墙下、媪翁欢聊甚，细数曾经。

雄图怎论功名？创伟绩、征途百业争。感九州同奋，八方共兴；五湖浩荡，万户安宁。驾月驰行，抟云啸骋，懒顾川山留客情。须臾际、叹神舟傲宇，刺破天屏。

注：刊于《彭城诗派》2023年第3期。

2023年7月6日

望海潮·复兴时代（中华新韵）

晴川流碧，群峰叠翠，青山绿水重逢。烟笼鹤汀，莺啼柳径，吴侬软语溪亭。白鹭引诗情。杏花漫摇曳、生态文明。紫气扶风，感福泽亿万螟蛉。

中华伏虎藏英。看旌争鼓竞，斩浪劈鲸。朱雀问穹，神舟受令，天鲲驭月骖星。藉甚九州名。嘉绛螭骧首，鸾举虬升。命运翩行共兴，今海晏河清。

注释：

1. 晴川：晴天下的江面。

2. 青山绿水重逢：重逢二字，表示久别的绿色环保，今又重来。

3. 吴侬软语：表意苏州一带方言，引申义为习语金言妙句，温暖入心。

4. 紫气扶风：祥瑞之气，意指习主席高度重视党风廉政建设和反腐败斗争，有效遏制腐败滋生蔓延势头，清风正气，成绩斐然。习主席为建国以来反腐第一领导人，知名历史作家二月河说过"现在的反腐力度读遍二十四史都找不到"。"习式反腐"，振奋人心。

5. 感福泽亿万螟蛉：螟蛉是一种绿色小虫，意指众生。此句意指习主席提出的"绿水青山就是金山银山"的生态文明环保理念及清风正气的反腐力度，福泽众生，惠及千秋万代，对此颇受感动。

6. 朱雀、神舟、天鲲：朱雀、神舟为火箭名，天鲲为天鲲二号卫星。火箭、卫星发射成功，意指中国航天科技发展日新月异。

7. 藉甚：盛大；盛多。

8. 藉甚九州名：指当今中国极负盛名，对国际的影响与日俱增。

9. 绛螭骧首，鸾举虬升：意指如今中国经济发展迅猛，国富民强。

10. 翩行：指一路同行。

11. 命运翩行：指习主席提出的人类命运共同体理念，这一重要外交理念，为国际社会所认同。

12. 共兴：指习主席所述各国之间打破壁垒，破除冷战思维，团结互助，携手同行，合作共赢。

13. 海晏河清：意指当今中国正逢盛世，天下太平。

2023 年 7 月 16 日

芭蕉雨·沉思（新韵）

二两西风入酒。看凄烟尽锁、愁时候。淡月不堪梅瘦。尽是乱影横窗，欹斜倦柳。

藕花初解玉手。绝色落裙袖。香靥半日羞、频回首。叹此际、远兰舟。独饮满鬓寒幽，荒村野叟。

注：刊于《彭城诗派》2023年第3期。

2023年7月13日

眼儿媚·闺情

悄问东君几时来，推月小梅开。燕莺自在，枕边清字，信手拈裁。

绮窗花影低眉黛，画扇掩羞腮。此心似在，飘飘云外，蜂蝶休猜。

注：刊于《彭城诗派》2023 年第 3 期。

2023 年 7 月 9 日

月下笛·春思（词林正韵）

月煮溪壶，风淋夜雨，墨翻词句。螟蛉自语。道破眉间情绪。小轩窗、疏影乱涂。尽沾惹、鹧鸪怨诉。怅梨花闭户、芳春无主、任由来去。

琵琶弦涩处。记曲转轻裾、惹梅生妒。柔烟暖贮，笑捻泥香丝缕。万千般、燕莺赌书，浅妆绿绮歌复舞。怎知今、梦断空楼，杜宇啼些许。

2023 年 7 月 14 日

长相思慢·忆（中华新韵）

玉漏声残，灯烛影暗，冷落一眼枯泉。斜阑九曲倚遍，芳樱零乱，两两三三。逝水流年。问谁家女眷，浸透青衫。笑语秋千。更悄遗、斗草花簪。

向憔悴词笺，六五香微笔砚，认取从前。泼茶赌卷，戏画眉山，绿绮听欢。羞霞照面，漫留得、初见怦然。想如今、星雨离散，啼痕点点斑斑。

2023 年 7 月 10 日

八声甘州·西楚悲歌（中华新韵）

潜龙驾雾睥睨苍穹，几番掷豪情。剩残垣碑冷，乌骓汗血，遗恨浮萍。长忆兴亡旧事，玉帐舞秋风。沉锦浮鳞梦，昔日流萤。

古月衔山临晚，望淡梅浅影，草木出征。对孤云荒冢，杂鼓隐箫声。想虞姬、哀弦惊恸，泣鬼魂、烽火照空城。争知我、断肠诗中，字泪垂行。

2023 年 7 月 8 日

满庭芳·古琴（中华新韵）

勾月摘星，撮花拂径，素琴三弄梅清。舟寒楫冷，别柳岸溪亭。指转流弦万顷，荡吟复，云水争鸣。北风紧，断催雁影，道欲下还惊。

感伶伦比律，宫徵互证，角羽相生。尽踔躔，悠悠碌碌泠泠。促管繁丝抑兴，风烟净，雅韵扬情。竹书磬，无言妙境，孰可辨真经？

注释：

1.勾、撮、荡、吟、复：均为古琴指法。

2.宫徵互证，角羽相生：源自嵇康《琴赋》"乃其初调，则角羽俱起，宫徵相证"。

3.踔躔、碌碌：源自嵇康《琴赋》"参发并趣，上下累应、踔躔碌碌"。

2023 年 6 月 21 日

行香子·邻人装修扰梦（中华新韵）

荷卷娉婷，枝点轻盈。正花底、手倦抛经。云溪浣影，桃径酌茗。品唐时雨，宋时月，汉时风。

聒聒钻迸，訇訇雷应。最堪怜、梦断烟汀。垢尘四起，地坼天倾。正鸡儿飞，犬儿吠，兔儿惊。

2023 年 6 月 14 日

喝火令·书法无缘（词林正韵）

骤墨惊风起，驰毫点露晞。诡形狂诞纵倾欹，几许断肠魂系，何处觅相知？

柳隐三三字，花藏两两诗，断碑残壁瘦清词。怎奈枝低，怎奈影迷离，怎奈雀飞无迹，道只字休提。

注释：

下阕原句是：枝影雀飞无迹（雀：谐音却）。将"枝""影""雀飞无迹"拆开，分别添加双领字"怎奈"，形成三摊破中。"枝影雀飞无迹"意对上阕："几许断肠魂系"。

2023年6月11日

探春令·期冀（中华新韵）

莩惊风骤，绮窗疾扣，还寒时候。横钗鬓乱残妆又，悴衰两弯眉柳。

芙蓉水月沉衣袖，绣针穿丝手。几缕愁，看取双眸，轻唤越雉同白首。

2023 年 6 月 5 日

淡黄柳·词牌连缀（中华新韵）

鞓红哨遍，芳草离亭燕。雪夜渔舟蕃女怨。品令西江月慢。相见欢薄媚摘遍。

绮寮怨。国香后庭宴。意难忘、解红慢。醉东风，采绿吟花犯。水调歌头，诉衷情近，连理枝青玉案。

注释：

鞓红、哨遍、芳草、离亭燕、雪夜渔舟、蕃女怨、品令、西江月慢、相见欢、薄媚摘遍、绮寮怨、国香后庭宴、意难忘、解红慢、醉东风、采绿吟、花犯、水调歌头、诉衷情近、连理枝、青玉案，以上均为词牌名。《淡黄柳》由以上词牌名拼成。

2023 年 7 月 13 日

画堂春·有忆（中华新韵）

暖风枕绿曲溪湄，鹧鸪翅锦声催。

杏花频捻语低回，一笑微微。

柳暗日斜雨坠，浸湿几度芳菲。

怎秋千背面垂眉，恨也追追。

2023 年 7 月 12 日

海棠春·心尖乱拵（词林正韵）

罗衾寒枕相思缕，恨梦短、杳无凭据。

晓月落诗书，紫燕栖词谱。

笔端几点羞羞处。似小鹿、心尖乱拵。

也仿稼轩翁，拟作眉山句。

2023 年 7 月 11 日

武陵春·伤怀（词林正韵）

帘外春风无意语，尽惹燕空啼。

瘦损花笺笔墨稀，妆懒睡迟迟。

若问情长书几缕，都付与黄鹂。

但愿君心似旧时，怎可负相思？

2023 年 7 月 12 日

西湖月·冷红绡（中华新韵）

庭柯唱罢鸣蜩，又雨漫溪桥，笔痕粗草。雀啼燕笑，寻词访调，絮烦叨扰。芙蕖开正好，向曲岸浮香惊晚照。翼翼倦鸟剪云梢，醉里止篙停棹。

柳烟售罄妖娆，记素口蛮腰，鹤舞蝶绕。杏圆梅小，唇醪齿酪，煮茗烹枣。今青丝已老，叹浦断桥荒归雁杳。碎裁月华冷红绡，几处翻找。

2023 年 6 月 8 日

点绛唇·诗碎词乱

掩字藏笺，半墙明月休偷看。蹙眉深浅，偏是愁如霰。

平仄纠缠，洇墨频频叹。思未展，晓妆慵懒，诗碎并词乱。

注：刊于《彭城诗派》2023 年第 1 期。

2023 年 2 月 15 日

点绛唇·才疏

笔墨清幽，鬓丝拈断词难凑。小扉轻叩，不解眉心皱。

风动莲舟，观月溶云透。三更后，浅词裁就，怜我才思瘦。

注：刊于《彭城诗派》2022 年第 4 期及《彭城诗派 2022 年度作品选》。

2022 年 11 月 28 日

海棠春·问兔（中华新韵）

纱帷金殿鹓扶俏。晓梦起、水酣草饱。

苜叶入食槽，霞帔妆裙袄。

篆香熏笼沉烟绕，戏耍际、钿花遗道。

笑问兔阿娇，可是蟾宫好？

注：鹓扶，兔子的别名。

2023 年 7 月 11 日

清平乐·清浅欢喜

见风起意，棹月穿云戏。泛尽小溪声色里，恣肆打捞欢喜。

蛙鸣鸥叫音晰，又逢嘉澍来袭。未著丹青润笔，任它罩染东西。

注：刊于《彭城诗派》2023年第2期。

2023年5月17日

踏莎行·观《千里江山图舞画》有感

飞袂拂云，青裒乱雪。绿腰袅袅惊时月。

秀娥远黛影重叠，恍疑仙子别宫阙。

笔下春风，墨酣横泻。蟾宫高步无人越。

少年意气纳山河，江山千里呕心血。

注：刊于《彭城诗派》2022年第1期及《彭城诗派2022年度作品选》。

2022年2月18日

临江仙·初习国画

风过一庭花影乱，暗香悄上珠帘。

拈梅入墨绘竹兰。焦浓清重淡，笔落浣花宣。

节以隶行竿似篆，虚实书画同源。何时几笔取真传。勾皴擦点染，万壑起云烟。

注：刊于《彭城诗派》2021 年第 4 期及《彭城诗派 2021 年度作品选》。

2021 年 11 月 23 日

满江红·观音机场

自在观音,祥光满,银鹰正举。抬望眼,云蒸霞蔚,扶摇寰宇。渡海惊涛淹旧史,雄风空港铺新路。五大洲、来往岂辞劳,扬声誉!

联情谊,欢行旅;邀嘉友,携朋聚。廿年肝胆赤,倾心客户。守诺推诚从不懈,炎阳寒雪仍如许。傲辽天,为我大徐州,长腾骞!

注:刊于《彭城诗派》2021年第2期及《彭城诗派2021年度作品选》。

2021年6月10日

声声慢·念枯（中华新韵）

闲情托付，枕上词书，夕曛悄抹姑苏。煞羞红乱无数，尽惹
蘼芜。东君冷枝小驻，影扶疏、吹入梅屋。怅望处，抚琴低低诉，
难忆归途。

芳重浓阴掩护，点点处、残香敛梦罗浮。几度愁思如许，败
苇残芦。芭蕉暗侵细雨，背西风、饮醉千壶。怎堪对、弃烛拂衣去，
念念皆枯。

2023 年 8 月 29 日

苏幕遮·夜思（词林正韵）

乱云低，梅雨霁。乌夜笙啼，寒透西窗纸。细草愁烟萦古寺。失语黄鹂，怎唤都无计。

雁南栖，风北起。月落凉词，深浅梨花闭。几许灯昏人影似。眉黛依稀，粉泪残花记。

2023 年 8 月 30 日

蝶恋花·幽怨（词林正韵）

月著沉香风细软。轻语珠帘，寂寂芳心卷。执笔摹勾深复浅，一株曲草斜书案。

几点春风枝欲颤，猜度幽兰，使转成提按。嗔恼锦云无意遣，悄传鱼素幽幽怨。

2023 年 8 月 30 日

城头月·愁绪（词林正韵）

　　芭蕉叶上缘无据，总被相思误。北角残蛛，西墙朽木，道破愁思绪。

　　鹧鸪啼断红尘路，怎锦书吩咐。可记当初，花笺短句，浸湿梧桐雨。

2023 年 8 月 30 日

浣溪沙·闺思（词林正韵）

懒起迟妆浅黛闲，粉梅花钿额心间，纱衣倚翠浸轻烟。

罗扇染羞疏雨卷，断霞穿影醉云轩，背人何事语翩跹。

2023 年 8 月 30 日

乌夜啼·轻闲时光（中华新韵）

蕊粉悄初长，蔷薇写满西墙。

浣花笺上蛱蝶访，菡萏透帘香。

检点闲云无恙，安排笔墨轻狂。

移床枕月青石放，疏影落琴旁。

2023 年 8 月 30 日

莺啼序·文物之韵（中华新韵）

霜侵啸骢古道，暮云扶蔓草。

更吹断、三五笛箫，几度风乱衣角。

却还见、轻盈舞殿，飞仙化羽披帛绕。

弄花凌波裊，琵琶反弹清调。

汉画石雕，瑞兽仰啸，守祥禽俱老。

复深浅、勾勒虔诚，拓双眉眼知晓。

挂疏桐、炉香月嫩。有长信、宫灯思巧。

袖遮风，尘匿烟销，慧藏玄妙。

天青欲雨，絮柳飞撩，蒙秀樾禀告。

懒睡起、禅衫覆雪，指劈鲛绡，素锦流光，鬓腮淡扫。

朝曦破处，新瓷透碧，冰纹记取三生貌。

问空窑、可被相思恼？

叠脂累绢，诸仙踏碎琼瑶，些些翠翡琦瑙。

鸮尊妇好，贝器鎏金，乐俑击鼓笑。

暗细数、青铜珍宝。铺首衔环，大晟编钟，

越剑出鞘。笙镛玉宇，清辉文物，寻其隅隩求庌奥。感如今、犹继之多少？神决决韵滂滂，阃阈何须，艳词丽藻？

2023 年 6 月 25 日

十六字令·花

花，曼舞枝头不自夸。严冬里，香溢在谁家？

注：刊于《彭城诗派》2020 年第四期及《彭城诗派 2020 年度作品选》。

2020 年 10 月

十六字令·泉

泉，凝脂澄潭不息间。泠泠响，独自享清欢。

注：刊于《彭城诗派》2020 年第四期及彭城诗派 2020 年度作品选》。

2020 年 10 月

十六字令·林

林，月照青枝光影深。清幽处，屡屡引归禽。

注：刊于《彭城诗派》2021 年第一期。

2020 年 10 月

忆江南·彭城好

彭城好，碧水泛轻舟。枕上诗书林下咏，情思欲诉几时休。风舞柳梢头。

2020 年 10 月

忆江南·徐州好

徐州好，一鹤卷云帘。燕子楼中情缱绻，东坡醉卧伴流年。山水胜江南。

注：刊于《彭城诗派》2020年第四期及《彭城诗派2020年度作品选》。

2020年10月

忆江南·彭城好

彭城好，浩气震云天。驰骋疆场安大众，龙腾虎跃富家园，代代谱新篇。

注：刊于《彭城诗派》2021年第一期。

2020年10月

捣练子

一

秋色暗，乌云飘，碧水一潭波正摇。疏雨一帘魂断处，芭蕉不展上眉梢。

2020年10月

二

长夜苦，晓风寒，枕上啼痕和梦残。轻捻落花三两片，锦书难寄恨无缘。

2020年10月

三

池水绿，岸花香，蜂拥蝶飞争过墙。柳絮殷勤如瑞雪，风情无限醉春光。

2020年10月

注：刊于《彭城诗派》2020年第四期。

四

山寂寂，水潺潺，烟树迷蒙隐画船。帘卷西风心有恨，芭蕉叶上诉无眠。

注：刊于《彭城诗派》2021年第一期。

2020年10月

五

山耸翠，水流清，袅袅和风伴月明。一曲丝弦人不寐，满池花影到三更。

英子评：这首单调小令写得清新、明丽、可人，令人喜读"山耸翠，水流清"，状山水之态；"袅袅和风伴月明"呈现一幅"清风明月"的画卷。在这样美好的意境中，"一曲弦歌人不寐，满池花影到三更"，表现了人们彻夜欢歌的情景，尤其是结拍善以景结情，含蓄蕴藉，余味悠长，恰如弦歌绕耳不去。

注：刊于广州《诗词报》2022年8月第五版、《彭城诗派》2020年度第4期、《彭城诗派2020年度作品选》，入选《大风歌诗友会》微刊2021年第9期，入选《彭城诗派》2021年第2期。入选《彭城诗派2021年度作品选》，名：《捣练子·无题》。

2020年10月

题观音机场（联）

龙翔空港，欣纳万福。

凤翥观音，喜贺千祥。

注：刊于《彭城诗派》2021年第一期。

2021 年 1 月

题对联（联）

乾坤入砚对生韵；

雪月润毫联溢香。

注：刊于《彭城诗派》2021年第一期。

2021 年 1 月

心海微光 · 诗歌

美丽中国

当青山诗情
定格绿水画意
温柔写满天地
解读构图
生机与活力

江海
心潮起伏
燕雀
穿梭欢喜

已非畴昔
四字
不言而喻

美丽中国
张弛的线条
完美释义

2023 年 7 月 19 日

叠 放

记忆的行李

塞满发黄的

窃窃私语

羞红了

倚门回首的

花笺小字

窗纸打湿过的

杏花雨

裁剪出七分春意

烘干了诗行短句

访遍

文人笔下的千古唱词

不知该如何

描摹你

青鸟无迹

我只能

把四季与相思

叠放在一起

2023 年 7 月 22 日

切　换

惯爱清词语言

与诗歌关联

原来

可以如此

思维倒置

笔墨切换

2023 年 7 月 17 日

剥　离

云朵

调集所有的情绪

动用夸张

溪间造访

西风放肆

烘干

黄花羞涩记忆

枯萎一池

蠹鱼

蛮不讲理

装模作样

吞噬

一书文字

黄鹂

唤来黄蜂

以恶意

添油加醋

原始的欢喜

正一点点

剥离

注释：蠹鱼，即书虫。

2023 年 7 月 18 日

厕 上

猝不及防

一场

不明就里的腹泻

不请自访

几番思量

缘何此般

来去匆忙

食物之间的

恶意中伤

抑或

冰与火的

语短情长

山岳皆移

江海悉往

此际上演

此消彼长

灵感

喜欢自作主张

偏偏

挑选了

马上枕上厕上

三者中

位居末尾的

那一上

注释：

　　马上枕上厕上：北宋钱惟演，字希圣，别称钱思公，谥号文僖，
一生嗜学好读，马上、枕上、厕上不释卷。

2023 年 7 月 20 日

禅 画

影子烘干

膨胀后的呼吸

搬进禅诗画里

近景远景

各据城池

思维的线条

起伏交替

接纳

一切虚无缥缈

空灵中的

空虚

2023 年 7 月 19 日

沦　陷

约定的春花烂漫

还是被

滞留在江南

西风语无伦次

轮番上演

这个无奈的

冬天

延迟的浪漫

我将盼字

装进信笺

你拈花低笑的侧面

是埃蒂威廉的灵感源泉

回眸间

360 度的羞涩

惊动了

云霞满天

因你的美

我城池沦陷

2023 年 7 月 22 日

君心我心

要怎样形容
此时心情
小鹿萌动

又怎样形容
此间共鸣
在之仪词句里
搜寻翻找
读懂了：
君心我心

注释：

　　之仪，宋代李之仪《卜算子·我住长江头》佳句："只愿君心似我心，定不负相思意"。

2023 年 7 月 19 日

词　中

群山

蓄满寂寞

暮色斑驳

肆意放大

四处书写

你的羞涩

临风吹落

而我又怎会

一笔带过

词中的你我

结局如何

2023 年 7 月 18 日

独　坐

独坐烟火

落寞

束之高阁

观字句

高低错落

聆词曲

悲喜交叠

浑然不觉

结局

已悄然改写

2023 年 7 月 20 日

枯　绪

那些委身于标点间的

潮湿天气

肆意疯长

临期的笔墨模样

被写进陈词陋巷

撇捺

步履踉跄

横折

一脸沧桑

形而上封印过的

拖沓冗长

绕过

石枕竹床

爬过

砚池中央

再次搬进

老去的诗行

一纸枯绪

在酝酿

2023 年 7 月 22 日

难 表

落笔生烟

小字缱绻

难表之言

梅梢倾欢

2023 年 7 月 19 日

拼　凑

文字审美疲劳

开始

动用手术刀

对词句

肢解剖析

自以为是

聘请夸张

找来借代与意象

打乱顺序

重新架构

再糅进悲伤字样

矫情不明就里

无辜

被牵连其中

无病呻吟

肆意妄为

我看到

每行字

都流出眼泪

2023 年 7 月 19 日

泛　滥

飞鸟不在

一空留白

夜晚

泛滥着难表的情愫

住在心底某个角落

高高低低

起起伏伏

正喃喃自语

2023 年 7 月 19 日

思　念

放大后的
存储记忆
被安放在
婉约词里

残月冷落了
矜持
用怎样的字眼形容
也不过时

忽一场雪至
思念
铺天盖地

2023 年 7 月 18 日

桃花洞釉灯笼瓶

撞色

飞扬跋扈

晕染

羞不作答

那些失散多年的

吹釉记忆

斑驳在

珐琅纹饰里

密不透风

潜意识

难耐寂寞

相思

爬满瓶身

炫彩

明目张胆

翘首以探

烟花凝固

一抹明艳

注释：

桃花洞釉灯笼瓶，采用乾隆首创"撞色晕染"法，以烧制好的白瓷胎为底，吹釉而成，配色明丽，斑驳陆离。

2023 年 7 月 18 日

婉　约

梦
在做梦

矜持
重复着矜持

都睡在
婉约词中
听眉山风
吹醒
青梅一盅

2023 年 7 月 19 日

往　复

旧书翻落

一页相思

伤心格调

依然如故

衣鱼嚼碎的

窃窃私语

循环往复

明月凝伫

水边横枝

沉沉睡去

2023 年 7 月 19 日

无处安放

油纸伞

神色慌张

无心闯入

雨巷

打翻

诗人传统想象

潜意识里

姑娘一般的丁香

不在油纸伞上

青石砖踏过的惆怅

无处安放

2023 年 7 月 19 日

相　思

寒蝉无语

浓墨睡去

鹧鸪

绞尽脑汁

安排韵脚

布置情绪

啄破

平仄高低

唱词不齐

青鸟移居

以五柳笔迹

逃离相思

而我

与它们

一词之距

2023 年 7 月 18 日

相思派送中

窗外

斜枝月亮

试图

多角度调整

视觉方向

以求

诗词的比例意象

更加符合

打印的 A4 纸张

醒与梦的倒影

空间维度

分界

依旧慌张不清

疏忽了周公

此际

风雨兼程

恍惚

指尖悄落

一只玄凤

不知是否

庄周

误点画屏

下笔缺失工整

还是原本

落指的

就是一只蝴蝶身影

只因魂梦过轻

而我

自以为是的

偷换概念

将它臆想成了玄凤

抑或

青鸟衔书

匆忙了此间梦境

无论如何

我敢笃定

一份相思正在派送

2023 年 7 月 21 日

写意贺铸《小重山》

玉漏五更

此心

要怎么形容

寻你无踪

相思上帘栊

画桥水西东

憔悴

枕边秋风

空冷

2023 年 7 月 19 日

写意婉约词

湿烟浸染过的思念

被蜂蝶扯断

老去了

台上笔墨纸砚

泪迹斑斑

曲阑深处

清怨蔓延

梦中相见

2023 年 7 月 19 日

虚　构

羞涩引发的

故事情节

不知

该如何续写

虚构

三壶风霜雨雪

加二两青梅、花丝佐色

七分月光小借

寒鸦枯树铺陈巧设

构图砖石老街

亭台轩榭

江边舟舸

近景、远景交迭

笔驰星河

毫挥四野

墨染五岳

鱼砚横泻

只字未歇

2023 年 7 月 22 日

寻

于人间来去

裁赋为词

添联拟曲

眠云卧石

餐风饮雨

坠落长诗短句

寻你

万遍踪迹

2023 年 7 月 18 日

坐在文字里等你

落泪的雨滴

残留着

星星不肯睡去的笔迹

字符煽动的情绪

一任俯拾

沉睡千年的浅水绿

难以抗拒

呼之欲出的

青涩回忆

被再次

回忆

汝窑

密密麻麻堆叠着

从未示人的心事

不知哪天起

我学会了

坐在文字里

等你

2023 年 7 月 23 日

簪花仕女图

色彩谱系

经过全体协商

探讨

不同色彩

群居和一模样

乌鬓

长年种植

芍药牡丹荷花海棠

游丝描

小心翼翼

安排好

禅衣裙摆的

流动方向

工笔

巧舌如簧

以妆扮赋色语言为由

捧出

唐风时尚

以及女性荷尔蒙横溢的

簪花侍女肖像

思维的影子

罔顾揣测

千年风霜

逐渐放大拉长

丝毫不受

光线影响

注释：

灵感来于周昉的《簪花仕女图》。国画的工笔细腻，游丝鲜活描摹了仕女衣裾的动感。国画不同于西画，没有光影变化，以流动的线条，表现立体感。

2023 年 7 月 20 日

禅

山风一直保持缄默

任由情绪如何焦灼

远远的

天边几丝白云打坐

寒山寺的钟声

将俗家人的客船挤破

又是谁的

淡然自若

禅思暗结

不安分的野花

总把诵经时间错过

装作学识渊博

禅义胡乱解说

飞鸟衔来

种子一颗

落在经书的主页

一朵莲花

随心开合

佛陀

掌心中的烟火

正一点点

失色

2023 年 8 月 11 日

何世情缘

泛黄的书简

恐插队之嫌

明明束之高山

此番

却跌至人间

带着以求阅览的期盼

老去的封面

是一种卸妆未尽的懒

岁月横沉的残

掐指悄算

何世之缘

2023 年 8 月 12 日

金莲小女

月样眉黛
随风飘摇的衣摆
影子落在
远远玉台

低伞遮粉腮
凌波微步清韵在
苏轼词里几徘徊

宫样小绣鞋
纹鸳别裁
因羞强正钗
对镜悄发呆

怕人猜
梅花赋雪的告白
遗忘在
千里之外

2023 年 8 月 11 日

快雪时晴帖

鱼砚浪卷千叠

俯仰挥毫

几时惊回松月

提按顿挫

断连不歇

平正险绝

羲之顿首

山阴张侯

行草疾疾洗晴雪

重心交错

幻变而不绝

王羲之的

前尘之约

一声雪落

被写进

快雪时晴帖

主角非我

只道是一场

错觉

而此时的我

在静静等雪

2023 年 8 月 12 日

洛神赋图

高古游丝描的笔意

弧线的隐居

线条的断续

是洛神袖口与裙摆的飘逸

是袖揽山河的柔腻

是裙动星月的迷离

是白云入波水心起

的舒展有致

是平生无限事

独与云水知

的相惜

而这些是曹植

惊鸿一瞥的相识

深藏多年

发霉的心事

将激动、惆怅与讶异

交织一起

烘托一体

诚如怪石林立

是挚爱的坚守与执意

线描蚕丝

墨线的走势

群仙异兽

用线质感的精致

设色质拙艳丽

古代壁画的形式

与设色印迹

叙事的构图方式

恍汉画像石的陈词

隐约着水墨痕迹

驾车的海龙

长着一对鹿角、马脸、蛇颈

如羚羊般的身体

水中跳跃的怪鱼

头似豹子

顾恺之的想像力

《洛神赋图》画卷里

安排诸多异兽珍奇

江水之上疾驰

不见水花飞起

引发故事的传奇

与神秘

笔传其神

墨走其势

2023 年 8 月 11 日

满池花影到三更

此夜
是谁三弄梅音
琴曲出尘

倒是
欢也真真
悲也沉沉
人间天上都莫寻

一陂春深
满池花魂

注释：

诗歌灵感来自于 2020 年 10 月，听取徐向中老师公益诗词课讲座，
课中习作《捣练子》有一句：一曲丝弦人不寐，满池花影到三更。

2023 年 8 月 12 日

青花瓷意象

秋意不过问
蝈蝈一个纵身
便躲进诗文

雕琢后的叫声
离情绪很近
却吻不上
平仄的唇

风的记忆
出现了汝窑冰纹
在天青淋湿的注脚处
温存

那里似有宋词遗落的
三言两语
情深
釉色就此染尘

2023 年 8 月 10 日

轻罗小扇意象

月如钩
流萤不慎
民间走丢
轻罗小扇
难掩芳羞

相思复唱《石州》
曲词明显
老气横秋

熏炉沉烟
渐生皱
风吹来的离愁
难入君袖

汉姬纨扇在否
天长地久的对偶

如何痴守

关于剧本的
三世回眸
其实
一世足够

注释：

《石州》，唐代民歌："自从君去远巡边，终日罗帏独自眠。看花情转切，揽镜泪如泉。一自离君后，啼多双脸穿。何时狂虏灭，免得更留连。"李商隐曾云："东南日出照高楼，楼上离人唱石州"。

2023 年 8 月 12 日

无力缝补

山月踟蹰

以非透明的角度

斜穿朱户

潜意识里

有云自窗而出

空气中

暗香沉浮

花瓣喃喃自述

色彩随意抹涂

线条

以狂草的笔触

委身在儒家思想的情绪

顿悟

关乎爱的纯度

有尚待修正的错误

已无人阅读

对于一场虚无
不知该如何占卜
那些从长词短句
纷纷跌落的标点字符
我
无力缝补

2023 年 8 月 10 日

相思·横尸江南

风花雪月的开篇

韵脚总是写着约定的温婉

梅影轻拂过的每根琴弦

一尘不染

新月眉眼

秋水顾盼

传说中

曾流落到民间

被一笔一画刻上水墨拓片

落日垂下了绣帘

孤灯一盏

行笔迟疑着初见

残叶满庭院

心事堪怜

期盼的针线

缝在遗忘河畔

密密繁繁

无语斜栏

情绪里荒无人烟

相思

终横尸江南

2023 年 8 月 10 日

羞霞满纸

明明写着别人的故事

此时

心尖纸上皆是你

相思

攻城略地

落笔

羞霞满纸

2023 年 8 月 16 日

不　染

淋湿的句点

落款在江南

诗经中

辗转着无眠

悲秋的团扇

弃置一边

古诗词中

读过的倚栏

高频的不厌其烦

似将尘世悲喜拍遍

晓妆慵懒

枕上啼痕未干

飘忽的视线

打翻了墨砚

纵深的画面感

无意渲染

内心深处的

齐眉举案

一尘不染

2023 年 8 月 12 日

语焉不详

关乎风的模样

大抵走失在泛黄的某页某章

某一行

字典中查不到地老天荒

偏执的空虚

硬生生堆满了一纸守望

潜意识里

似乎有莺过草莽

当流言开始衣锦还乡

偏见里爬满信口雌黄

传说终于出卖了

白描的想象

一朵花枯萎的模样

被画在了

结尾的语焉不详

2023 年 7 月 30 日

玉人何处在吹箫

是谁的箫声迷茫

流下一地脱俗的伤

像一种思想

两情守望

远远追来的月光

步履跟跄

走过二十四桥的沧桑

相思的模样

已悉心收藏

是千年波心断续的微漾

语言空白

无处安放

小鹿乱撞

怎样的

一个慌

2023 年 8 月 14 日

这个秋天有点慢

蝈蝈咀嚼过的夏天
就坐在时间的
对面
被时光搁浅的语言
说起来不太自然

影子
爬上古琴丝弦
在《秋风词》里借宿一晚

老去的相思
生生被挤成碎片
残破不堪

这个秋天
有点慢

2023 年 8 月 23 日

唯恐夜深花睡去

以冲染笔意

调整花朵的睡眠作息

撞墨躲进佛寺

合十皈依

撞色大行浪漫主义

洛洛可无藏身之地

复拓重重心事

唯恐夜深花睡去

吩咐色彩人间坠地

撞粉与撞水的

心有灵犀

色彩谱系里

浓淡分庭抗礼

深浅横行无忌

没骨花瓣

形态不一
享受着自由呼吸

无线条主义
痴守着
白头到老的天经地义

宣纸记忆里
白日已消逝无迹
佛主拈花微笑的传递
不影响花期

2023 年 8 月 12 日

九里山前古战场

那些刀枪兵戈

遗失在哪一段历史山河

牧童的笛歌

一曲道破

戟矛剑弩

谈笑自若

从此不再

流离失所

死去的细草

带着前世的赴汤蹈火

悉数复活

苍山九里

记忆被封刻

双手合十

诚心向佛

是谁的笔尖

在舞文弄墨

思绪

怎样著书立说

2023 年 8 月 23 日

缂丝莲塘乳鸭图

——丝绸上的雕刻

荷露挤碎了

宋画池塘

心事慌张

萍草

一时晕头转向

无意间

就泄露了

群鸭浮游时光

来自《诗经》里的

一对白鹭

彼此深情守望

守望着

爱情里的

地老天荒

远远的

翠鸟衔来

哲学思想

被学徒蝈蝈

热情地

反复吟唱

蜻蜓

立于一旁

默不作响

透明的翅膀

喜欢在

得道后的藕花里藏

缂丝

泛起的水浪

等比例雕刻在

丝绸上

精雕细刻的

绿头鸭翅羽

以及花瓣的

立体真相

"通经断纬"

被放大欣赏

随心的

缂丝线条走向

喜欢

胡思乱想

四处游荡

各种戗缂

长短交织的脸庞

一如既往

笑容里装满

温良恭俭让

合花线

终不负

朝思暮想

织品的

石头语言

堆叠着

迷你版的

层峦叠嶂

还有

一身

富丽堂皇的

想象

2023 年 8 月 23 日

衔走清凉一颗

心事焦灼

不妨去花间打坐

闭目清澈

订阅一期

听经的清风

礼佛的明月

来题写禅学

林间黄雀

一贯固守原则

叫声不多

总是一波三折

有点小题大做

此刻

硬生生

衔走心尖清凉

一颗

还有信笺上

未来及书写的

一串省略

2023 年 8 月 23 日

笑容走丢

梅开时候
宣纸正在兜售
花瓣眉清目秀

明月前身
指认过的玲珑剔透
为谁所偷
为谁据为己有

金农画笔渐已生锈
等不到一场白雪厮守
最后
连笑容都走丢
在笔墨生愁
的承前启后

2023 年 8 月 23 日

携鹤且抱梅花睡

道人乞梅

僧讨墨趣味

淡笔吟微

驿路是非

月依偎

松下寄谁

饥寒鹤随

空山断水

携鹤且抱梅花睡

暮香细雨回

是花泪

数枚

纸上弱梅

换无米之炊

思绪

远走纷飞

梦

亦慈悲

注释：

　"携鹤且抱梅花睡"出自金农。

2023 年 8 月 23 日

风雨并肩

疫情来袭

狼奔豕突四处游走

任其肆意狂吼

徐州机场人

共同携手并肩奋斗

机坪塔台南门口候机楼

战疫夫妻医务人员

党员干部机场职工

时刻一线坚守

严把第一关口

日日夜夜

雨雪之中把影留

又逢春还

想雀鸟欢

山花烂漫群山开遍

疫情当前

无心把景恋

奋战中的你们

才是最靓的一抹春色

几度流连

为你们湿了眼

一切情感

藏于眉弯

付于纸间

盼凯旋

虽知不远

注释：

　　刊于《东部机场集团报》。

2020 年 2 月 29 日

寻得空港一缕春

造物无言却有情

每于寒尽觉春生

春之跫音

彻响于风

盈掬于水

微颤于枝

轻推轩窗

蛰伏一冬的阳光

此际盛放

恨从前

行路难车马慢书信远

锦书难托尺素难寄青鸟难觅

故园望断

喜而今

渤澥桑田绿水青山

小康脱贫旧貌新颜

条条航线不复天堑

御长风越山海凌霄汉

举手近月浮云吹雪少顷即返

辞旧岁迎新年

垂髫耄耋举国团圆

值佳节逢新春

灯火可亲日家人围坐时

徐州空港人

值守一线

舍小我促大圆

唯君安此心为安

地服俏红燕

知你悲欢懂你冷暖

春风话语笑泛娇面

燕儿飞助你飞

特色服务一应俱全

君心我心真情频现

续牛劲振虎威

祝福万千送上春联：

龙翔空港欣纳万福

凤翥"观音"喜贺千祥

横批：行以致远

注释：

刊于《东部机场集团报》及《彭城诗派》2022 年第 2 期。

2022 年 1 月 13 日

一眼千年

轻蘸墨汁几点

落笔纸间

描摹

你的一抹绚烂

我的一眼千年

你

从诗经款款而来

巧笑倩兮，美目盼兮

青青子衿，清扬温婉

你

是盛开在诗人笔下的

一朵水莲

那一低头的温柔

不胜凉风的娇羞

韵致尽展

西风帘卷

我看见

你的相思瘦了

眉弯不散

词里行间

我亦寻见

蹴罢秋千，你汗透衣衫

卖花担上，你云鬓斜簪

天真烂漫，无意渲染

千古第一才女

词风清丽，诗文典赡

易安体

世间流转

青蒿一握

因你出现

历千百次实验

助人类渡劫难

逃离疟疾梦魇

屠呦呦

攻坚克难

不知疲倦

桂香崖畔，梅傲雪中

张桂梅

你是贫困山区女孩

紧贴的温暖

以不屈之姿、怒放之态

绽开一山烂漫

疫情来袭

你冲锋向前

研发疫苗，不惧艰难

陈薇

你是军中花木兰

谁说女子不如男

还有许许多多的你

白衣战士、机场玫瑰…

口罩，遮掩了你的娇颜

防护服，隐藏了你的曲线

这一场

没有硝烟的疫情之战

你身负重甲无怨

你挥戈纵马无憾

温柔是你

坚韧是你

丰盈了此间画卷

墨痕尚鲜

泪湿双眼

此情绵绵

笔端缱绻

注释：

刊于《东部机场集团报》，名为《一眼千年》。

入选《彭城诗派》2021年第3期，名为《巾帼千年》。

入选《彭城诗派2021年度作品选》，名为《巾帼千年》。

2021年3月7日

平凡思絮·散文

月是中国圆

露从今夜白，

月是故乡明。

——唐·杜甫《月夜忆舍弟》

"海上生明月，天涯共此时。"虽如此，每人心底均有一轮，或关乎爱情，或关乎思乡，那里婉约着挥之不去的情结。"露从今夜白，月是故乡明。"母亲往昔说月是中国圆，彼时年少，不知其故。而今再品，已解其意。

近日京津冀多地出现极端天气，暴雨如注，山洪迅猛，桥梁断裂，铁道受阻，屋舍淹噬，车辆翻倒，加之山东地震，房倾屋塌，情势紧急，无数生命危在旦夕。危难方显真情，贯彻落实习近平总书记"生命至上，人民至上"的重要指示精神，部队、消防、武警官兵、民兵预备役人员、党员干部、蓝天救援队、公羊救援队、曙光救援队、老兵救援队等多支，闻令而动，勠力同心，风雨同舟，连续奋战，冲锋在前。一架架满载食品、药品、雨衣、毛毯等应急物资由直升机源源不断，运往救灾一线投放，解救受灾人员，并以最快速度恢复道路、通信、用电。

当年那名和奶奶一起受困于洪水之中、被解放军救下的少年，心愿已实现，已成为陆军一员，他为黑龙江"孤岛村"运送救灾物资，将军人的使命与担当扛于肩。

K396 列车乘务员赵阳几度哽咽的肺腑之言，安抚多少旅客的惊恐与不安，打湿了无数网友的双眼。被洪水所困 K396 次、K1178 次、Z180 次列车，所有滞留旅客均快速安全脱险。

抢险牺牲的消防员冯振，闻警听令，誓守家园，以身殉职。

蓝天救援队员王宏春、刘建民，为抢险救援，不幸遇难。

吉林舒兰，洪水漫灌，舒兰市道路被淹，通讯中断，桥梁塌陷，道路受损，险情不断，副市长骆旭东主动请战，奔赴一线，不惧生死，以民为先，不幸卷入洪水狂澜。陆军某旅，千人百车驰援。

河北保定武警，夜以继日，不畏山道崎岖危险，手提肩扛，搬运救灾物资，徒步挺进涞水野三坡，展开救援。

武警黑龙江官兵，3 个多小时奋战，转移全部受困人员，见到子弟兵那一瞬间，八旬老人泪流满面。

船只和车辆无法抵达的涿州孤岛，公羊救援队航空特勤人员，飞赴一线，天降神兵，紧急转移受危人员，多名婴儿及时脱险。

人间自有真情在，一方有难，八方支援。正是无数的他们，才有天下安暖，温润了国人的精神家园。"万里此情同皎洁，一年今日最分明"。月，是中国圆！

2023 年 8 月 9 日

画石幻相

爱此一拳石，玲珑出自然。

溯源应太古，堕世又何年？

有志归完璞，无才去补天。

不求邀众赏，潇洒做顽仙。

——清·曹雪芹《题自画石》

余习山水，多摩岩石，拙笔勤挥，昼临夜思，虽月余，已解皴染之法。

想这纸上之石，许是过于空寂，遂以渴笔焦墨反复勾擦，俄见明暗有致、嶙峋奇异。

又月余，但见块块顽磊，渐生仙骨些许，似在等风戏雨。"爱此一拳石，玲珑出自然。"吾不禁遐想：或许，是那曹公笔下"无材石头"，"因见众石俱得补天，独自己无材，不堪入选，遂自怨自叹，日夜悲号惭愧"，后"幻形入世"，重拾凡间烟火记忆。只是，曹公一时差池，按错了往生键，此番流落于我笔下。抑或是东坡醉卧的冈头石床？还是张大千于海滩偶拾，状若台湾的"梅丘"奇石？甚或白翁《太湖石记》中失散的一块？白翁有云："噫！是石也，千百载后散在天壤之内，转徙隐见，谁复知之？欲使将来与我同好者，睹斯石，览斯文，知公嗜石之自。"如此想来，白公果然预见，只因"阙状非一"。"甲、乙、丙、丁"，奇石甚众，好友牛公偏偏漏刻一块。白公莫叹，幸甚至哉！"转徙隐见"，虽无刻印，我亦知之。既已如此，灵韵小石，要我怎好生待你？

于是乎，动用所有的想像与善意，赋念于此，遂添青峦翠嶂几笔，小作薄烟紫云相依，傍以茅屋竹溪。山峦取雅淡秀逸笔势，断不得刀削斧劈，过于粗犷浑厚，少了几分简约矜持，难与奇石互生灵犀。以淡墨拖曳而现云之半遮半掩羞姿，至于茅屋竹溪，草草行笔，古拙携趣，略具一二形似。兴之所至，行笔于此，忽觉曲绕溪边峰前、花著茅店、古樵路端，几叶渔船，望尽江风卷孤烟，策杖者何人？少陵野老，五柳陶潜，是否为访石而步履其间？

噫嘻，吾不得而知矣！

2023 年 8 月 1 日

就是那一只蟋蟀

就是那一只蟋蟀

在《豳风·七月》里唱过

在《唐风·蟋蟀》里唱过

在《古诗十九首》里唱过

在花木兰的织机旁唱过

在姜夔的词里唱过

芳人听过

思妇听过

就是那一只蟋蟀

在深山的驿道边唱过

在长城的烽台上唱过

在旅馆的天井中唱过

在战场的野草间唱过

——流沙河

今于地下室通道又见到了一只蟋蟀，全身黑褐色，长长的触角，因其身体太小，加之通道一隅，光线不甚明亮，至于书中所描写的黑油油的明亮的眼睛，断然是看不到的。它很静，未发出任何叫声，哪怕一点微声都没有。我是从未产生过"停梭借蟋蟀，留巧付蜘蛛"之邪念，地下室本就不是蜘蛛探访之地，即便有，亦万万不忍以蟋蟀而飨其口腹。

记得去年见过这般模样的蟋蟀，但那只是高声鸣唱的，正因为太过高调，如此喧哗，方引人驻足。然这只是默默无声的，倘若不注意脚下，极可能会踩到它。好在它倒也机灵，见有人来，跳到一旁墙角，算是一种自我保护吧。因近日频繁所见，每次去地下室外通道，陪上十万个小心，但凡地上有个小黑点，也不敢随意踩踏，恐为蟋蟀幼虫。曾几欲以软纸巾包裹，将其放至室外花坛，因种种原因而未果。有时再转身寻它，它已消失不见；有时又寻它，它仍处原地。有时想，近期频繁暴雨天气，置它于室外，会不会害它性命。又想这地下室一隅，平日甚少人来，它亦是安全的。

近日频频遇到的蟋蟀，不知是否为同一只。因为每次见到的仅一只，并无它伴。继而很自然地联想到了诗人流沙河笔下的《就是那一只蟋蟀》，不知它是否就是？是否在《诗经》与古诗中唱过？是否"在花木兰的织机旁唱过？"是否于烽台晚泊？可曾见过三烟与两火？可宿荒草乡？可卧古道旁？可否听过篱落桃花破？可曾见过野塘残荷、几经落寞？枝残月缺？是否听过诗人的想念与吟哦？或否走过国人的耳朵？

　　此时的我，在认真琢磨……

注释：

　　1.停梭借蟋蟀，留巧付蜘蛛：取自唐·宋之问《七夕》。意为：停下织布的活儿找来蟋蟀，准备用来对付蜘蛛。

　　2.三烟两火：宋·马之纯《烽火台》："此到西陵路五千，烽台列置若星连。欲知万骑还千骑，只看三烟与两烟。不用赤囊来塞下，可须羽檄报军前。如何向日缘褒姒，无事蓬蓬火又燃。"

　　3.荒草乡：源自陶渊明《拟挽歌辞三首》："昔在高堂寝，今宿荒草乡。一朝出门去，归来良未央。"

2023 年 8 月 7 日

听雨时分

少年听雨歌楼上。红烛昏罗帐。

壮年听雨客舟中。江阔云低，断雁叫西风。

而今听雨僧庐下。鬓已星星也。悲欢离合总无情。一任阶前，点滴到天明。

——宋·蒋捷《虞美人·听雨》

执笔伏案的此夜，窗外又下起了雨，淅淅沥沥。夏季雨一反常态的温柔，方入秋，今夜雨亦如是。

一直以来，喜欢听雨，许是因宋词婉约的熏陶，特别一句"画舫听雨眠"，喜欢了好多年，因此便觉这雨是浪漫的。一袭烟雨一画船，横躺侧卧听雨眠。随意地、随心地听雨拍打画船与水面，涟漪都如此温婉与缠绵，那种盘踞不去的感觉，如藕丝般，扯扯连连，在心里萦萦绕绕，万万千千遍，一如雨下在了心尖。今夜感觉如此，只是地点不同，虽无画船，但听雨心情不会改变。

诗人笔下的雨，是多样的。"雨声潺潺，像住在溪边，宁愿天天下雨，以为你是因为下雨不来。"这是张爱玲的自我催眠，当失去已成为常态，并非每人都可以写出此般诗意的语言。因这雨声潺潺，而牵连出的一份真情实感。其实，不言及情感，由雨而灵思漫卷：身居溪畔，溪水清浅，雨声缠绵，情思缱绻。想想那个画面，着实浪漫。

诗人听雨，心绪附之。"这秋雨的私语，三秋的情思情事，情诗情节，也掉落在秋水秋波的秋晕里，一涡半转，跟着秋流去。"这是徐志摩的雨。徐志摩的爱情，人间清醒。"两鬓秋风，掩关坐听黄昏雨，灯前自语，世乱甘清苦。蔓草愁烟，荒却东陵圃。归期阻。荆榛满路。投老知何处。"这是诗人邵亨贞的怀乡之雨。而蒋捷"少年听雨歌楼上"，"壮年听雨客舟中"，"而今听雨僧庐下，鬓已星星也。"人生不同阶段听雨，因经历不同，悲欢离合，缘起缘灭，雨是平常雨，而诗人感受有别。

行笔一段，复又睡去。雨便由窗外、心尖，自然而然下到了梦里。梦中，依稀记得自己背人而泣，撕心裂肺，锥心痛骨，背景煽情的音乐适时响起，好应景，一如古装连续剧。剧情不长，画面戛然而止。泣中醒来，不明梦中巨细，不晓那个悲情的自己，缘何锥心如斯，因何而起？不得知。许是由这一场雨，延至梦里，寻回前尘的自己，那一段锥心往事。

诚如三毛所言："雨中的日子总是湿的，不知是雨还是自己。"今夜，妥妥被雨打湿……

2023 年 8 月 13 日

潘安湖夏日意象

芳菲歇去何须恨，夏木阴阴正可人。

——秦观《三月晦日偶题》

"芳菲歇去何须恨，夏木阴阴正可人。"若问长夏游赏佳处，当属潘安湖湿地。你看，一空澄净，云翳皆清。绿水洗心，黛山浣影。贺梅子一句"绿净春深好染衣"，若改一字，"春"换作"夏"，何其贴景。

水光天接，湖波微兴。兰桨短棹，时有鸥鸣。"舟摇摇以轻扬，风飘飘而吹衣"，且尽情受用那湖风清凉。"好风如水"，果不其然，毫无杂质的空气，将纯净发挥得淋漓尽致。不时有荷香暧昧入怀，便笃定风自荷花处而来，有诗为证"清风也有轻狂意，经过荷花亦自香"。

湖风抒情过的每根发丝，均透着别样的温柔与细腻，一种自然美正释放着不可思议。沐风的思绪，影子也潮湿，短短长长，重复着模糊与清晰。

九曲阑干处，便入了荷塘。叶与叶之间，高低错落，线条折叠。总要允许有几分想像吧，泼墨翠盖，双勾花瓣，恍若张大千《荷韵图》中迷蒙的墨荷，"卷舒开合任天真"中氤氲着难以言说的水墨神韵。此际并无他人，却分明看见"画船撑入花深处"，采莲女"荷叶罗裙一色裁，芙蓉向脸两边开"。又恍见《诗经》中，"彼泽之陂，有蒲与荷。有美一人，伤如之何！寤寐无为，涕泗滂沱"。又甚或印象派水波光影中的《睡莲》，莫奈独创的色彩分割。

出了荷塘，但见草间漫步着一只不知名的蟋蟀，带着汉唐的呼吸与记忆，叫声看似漫无目的，它是否为汉唐使者，传递着前尘信息？它从何而来？复归何处？几番猜疑，怎奈苦无凭据。来此心有不甘，总归要寻回点蛛丝马迹，比如这里，比如那里。

远远的，天边似有一群白鹭翩然而至，我知道两只一定来自黄慎的《荷鹭图》，刻意为赋夏词，声透纸笔。

感此绝尘，已然微醺……

2023 年 8 月 6 日

小院木香

粉刺丛丛斗野芳，春风摇曳不成行。

只因爱学宫妆样，分得梅花一半香。

——宋·刘敞《木香花》

余幼时，家有小院，花竹参互，瓜果错落；鱼戏小池，清幽雅致。每年五月，木香成片，缀满院墙一隅，琼朵翠叶，单瓣重瓣，重叠杂沓。没骨小花，密密簇簇，朵朵偎依，开与半开，甚或含苞，无不开合随意。其清香，舍百合之浓烈，无牡丹之刻意，清雅雍容，岂它花能比。

木香花期仅一月余，吾甚惜之，时而折二三短枝，插于瓶内，即刻香萦一室。不觉想起清·李慈铭《霞芬馈木香花》诗中"细剪冰蘼屑麝胎，双含风露落琼瑰。分明洗砚匀笺侧，长见笼香翠袖来。"其以冰清蘼芜而拟，以含露美玉为喻，着实形象柔腻。不过，将其与麝香并论相题，让人持异。还有"屑"字，碎屑而已，拟其香味，差强人意。独喜诗中转、结二句：洗砚匀笺之际，正欲执笔，但见素手翠袖，捧香而至，不禁浮想无际。

彼时幼年，不解木香暗藏花语，亦不曾仿张舜民"临风三嗅寄相思"，吾虽也嗅，却无相思之意。及至成年，爱美之心渐起，再品木香，最喜宋·刘敞《木香花》诗"粉刺丛丛斗野芳，春风摇曳不成行。只因爱学宫妆样，分得梅花一半香。"粉刺掩护之下，柔媚俱致。再读韦骧"被雨凝云重，困风舞雪轻。"仔细揣之，凝云，舞雪，拟人夸张，形象杂糅，其韵尽现。

流年逝水，小院成忆，唯木香绕梦依稀……

2023 年 8 月 4 日

听尽梅花落雪音

声音之道，感人至微，

以性情会之，自得其趣，原不系乎词也。

——清·王坦《琴旨》

　　余幼时，宅存一琴，时见家人拂之，因不谙音乐，故而远避。却因常常耳濡，日日听闻，而渐入心。及长，习琴之念遂生，故购一架，抽暇以亲。

　　古琴，伐椅梧而做，制峻岳而呈。沐日月之纯醇，浴天地之精魂。七弦五音，天地人，各守其真。宫徵互证，角羽相生。抹挑勾复剔，托打摘剔立，拂滚吟猱擘。揉七弦唤梅约，转纤指闻雪落。"急若繁星不乱，缓如流水不绝"。古朴圆拙，冷弦绝色。一如古刹佛钟似昨，绕室三日，盈耳不绝。只消几声，顿生错觉。天荒地老，恍若尘隔。古来，贤良雅士，帝王将相，好琴者众。夫子习琴，知曲入心；伯牙拂琴，幸得知音；蔡邕听琴，辨危知濒；相如操琴，文君倾心；孔明拂琴，智退敌军。素心对琴，或拂或闻，每遇萧瑟之曲，未感悲凉之痕。嵇康云："声无哀乐"。高低繁简、轻重舒疾，"或忻然而欢，或惨然而泣"，本无情感而论，皆因我心所在，即有所存。王坦亦云"声音之道，感人至微，以性情会之，自得其趣，原不系乎词也。"无词琴真，闻者各寻其心。

是夜，何人窗前，听尽梅花落雪音，曲调当何论？

2023 年 8 月 8 日

竹

笔端悄种千竿竹

雪向青枝借一宿

——作者

余幼时，母亲植修竹于窗前，沐春雨而栉秋风，披烈日而裹寒霜，经年而后，翁翁郁郁，青翠欲滴，目悦神怡。

至若明月高悬，枝影扶疏，映照轩窗，朦胧迷离，好不令人遐思。

每致风拂，悉索声起，恍闻琵琶幽曲，如怨若诉，又似古殿佛堂，僧众诵经之语。

及长习画，幽篁多所助益。每赏之余，意昂神驰，常急趋笔砚，挥毫不疑。此时取墨分五碟，焦浓清重淡，中锋提按，篆写竿，隶法浓画节间曲线，结竿过渡，方显自然。草书疾疾写枝线。至于叶，糅杂多法，不拘不泥，竹叶"个""介"高低交错，近浓远淡，以现立体空间。晚明高濂《山窗听雪敲敲竹》所云："飞雪有声，惟在竹间最雅。"因念而起，遂即兴安排飞雪，雅到极致。拖粗笔淡墨渲染背景空间，灰白对比之下，枝叶留白即成雪。至于雪为何状？宋代吕本中《踏莎行·雪似梅花》云："雪似梅花，梅花似雪。似和不似都奇绝。"遂自问：雪既似梅花，必有单瓣、半双瓣与重瓣之别。旋即自圆其说：然厚雪集于枝条叶之上，已难辨别。既已如此，不再究其雪瓣之多少。雪重则枝叶低垂，风疾则枝叶仰眉。即选大雪，枝叶低垂同时，造雪不妨势略大些。于是乎，虬曲盘结枝叶上，留白厚些。点睛之笔，即少许留白于叶尖、叶下，以呈落雪纷纷之动势。竹下再添几笔《雪竹赋》中"草木之多靡"，以显竹之挺立，"虽寄生于荒阶，亦不扶而自直"。

是夜，静听雪落之音，感"泻琴瑟之清响""时闻折竹声"。改唐·顾况"落花绕树疑无影，回雪从风暗有情"为"雪花绕竹疑无影，回雪从风暗有情"。再改宋·吴淑姬"烟霏霏，雪霏霏。雪向梅花枝上堆，春从何处回！"为"烟霏霏，雪霏霏。雪向青竹枝上堆，春从何处回？"再观纸上雪竹，遂改：笔端悄种千竿竹，雪向青枝借一宿。不亦乐乎！

2023 年 8 月 4 日

苦　瓜

古径苔生路已差，无根树上发空花。

一番花落成空果，信手拈来是苦瓜。

——宋·释梵琮

　　自幼始，一向不食苦瓜，因味苦而难以下咽。故自拟食谱中是断然寻不到苦瓜一词的。前日傍晚，见一妇人于路旁摆摊卖菜，中有苦瓜，通体纯白似玉，因奇之而驻足。想当然以为它是件流失于民间的奇珍异宝，或刚出土的一件古文物，好感丛生。妇人道其名：苹果苦瓜。因喜其外在之美，加之其名别致，苦意遂减几分，终难禁诱惑，便买一个。

　　妇人说，苹果苦瓜是今年蔬菜界的网红，抖音、小红书搜搜便知。本人属于后知后觉型，平日亦不太关注抖音。初以为与苹果相关，上网查询，此苦瓜来自台湾，以野生山苦瓜与白玉苦瓜杂交而成，因形似苹果而得名，原来如此。据说也可以当苹果生吃，不知真假。

　　及家后，削皮、去瓤、切条，入沸水锅中烫至断生，想之前绿色蔬菜断生有放少许油、盐，以求色泽之清亮，故余苦瓜亦如此。

碗中事先备好蒜茸、米醋，少许盐，鸡精以调之。因蒜、醋可减其苦味，便不再生恐苦之心，烹调间，反倒心生几许期盼。

记忆模糊，记不得何时浅尝过一口绿色苦瓜，感觉像上世纪发生的事，久未再食传统绿色苦瓜，不知苦味，相较于这苹果苦瓜，了无苦味浓淡对比。尽管饱蘸料汁，苹果苦瓜入口还是苦涩的，并非网上所说带有甜味的苦瓜，不知是否因地域有别，还是每人味蕾细胞感知不同。既买之，则食之，咬牙食尽，每食一次，苦涩亦减一分，终食毕。

林清玄老先生在《迷路的云》说过："世界上没有不苦的苦瓜，就像没有不苦的恋爱，最好的苦瓜总是最好的苦瓜总是最苦的，但却在最苦的时候回转出一种清凉的甘味。"生活与爱情可以苦中寻清凉，苦中品回甘。

可这苹果苦瓜，我是自始至终，未觉一丝回甘，许是功力不够，道法尚浅。

村上春树说："痛苦不可避免，但可以选择是否受苦。"而我此番为主动寻苦，还好不似人间历劫。虽食之味觉未至回甘，但因这份忍耐，便得了几分承苦之力，也算有所获吧。此际，深悟林清玄老先生"如果一个人不能尝苦，那么也就不能体会到那苦中的美"的话中之理。诚然，生活之中，苦难不可避免，敢于直视，勇于挑战，方悟真谛，方致回甘。

注释：

    1. 痛苦不可避免，但可以选择是否受苦。

        ——村上春树《当我谈跑步时我谈些什么》

    2. 如果一个人不能尝苦，那么也就不能体会到那苦中的美。

        ——林清玄《自心清净，能断烦恼》

        2023 年 8 月 9 日

听秋蝉

听蝉未觉其扰，

心间一点禅到。

——作者

今儿立秋。傍晚，小区楼下闻蝉鸣正紧。整个夏天忙于写稿，并未注意平日里蝉是否亦鸣如斯，偏于这立秋之日听得分明。

蝉委实叫得欢，倘若非要为蝉鸣做翻译，译语便是：热死了，热死了……如此高分贝，底气十足，断无一丝老去之势。不知是否谙悉入秋，预测时日无多，故作悲鸣，如柳永所说"寒蝉凄切"？又或即兴所作，对秋书一篇《秋风赋》？甚或高唱《大风歌》"大风起兮云飞扬，威加海内兮归故乡"，唱腔里满满的王霸之气？"林断山明竹隐墙，乱蝉衰草小池塘"。非也，无山无塘，所闻的蝉声不杂，纯粹而整齐。许是落日有情，故蝉齐鸣，有杨万里诗"落日无情最有情，遍催万树暮蝉鸣"为证。

不知蝉的世界是否存在地区之别，是否有方言之分？比方北蝉抑或南蝉？一如宋词，有豪放派、婉约派。想百人释译，便有百种不同的答案。蝉鸣本无意，一切释译皆凡人牵强附会，当然亦如我。纵观古诗词，关乎蝉的高频词汇，便一个愁字。蝉本无忧，词人心中感愁，故将这愁绪强加予蝉，不管蝉是否乐意。

此外，诗人常以蝉饮清露，遂以高洁而喻之，或自喻。"垂綏饮清露，流响出疏桐。居高声自远，非是藉秋风"便是佐证。高洁之外，古人又赋予蝉以死而复生之喻。古墓中常见玉蝉，置于逝者口中，期再生。其实无论赋予何意，皆因人主观而为之，王国维亦如是说。

委实叹服蝉这传奇一生，尤感其久蛰于地下数年，为一朝枝上高歌而积蓄力量，一如人，博观而取，厚积以发。

伏案的此夜，万籁俱寂，许是蝉儿也睡了，陆放翁"更无一点尘埃到，枕上听新蝉。"难以应景，稍改末句："更无一点尘埃到，枕上无蝉扰。"虽无蝉扰，心间一点禅到。

注释：

1. 垂綏饮清露，流响出疏桐。居高声自远，非是藉秋风。

——虞世南《蝉》

2. 寒蝉凄切，对长亭晚，骤雨初歇。

——宋·柳永《雨霖铃·寒蝉凄切》

3.林断山明竹隐墙。乱蝉衰草小池塘。

——宋·苏轼的《鹧鸪天·林断山明竹隐墙》

4.落日无情最有情，遍催万树暮蝉鸣。

——宋·杨万里《初秋行圃四首·其四》

5.以我观物，故物皆着我之色彩。

——王国维《人间词话》

6.弄笔斜行小草，钩帘浅醉闲眠。更无一点尘埃到，枕上听新蝉，

——宋·陆游《乌夜啼·纨扇婵娟素月》

2023年8月9日

诗意人生、诗意栖居

醒来明月，醉后清风。

——金·元好问《人月圆·重冈已隔红尘断》

真正爱上诗词，不早不晚，自少女时代始。诗词的朦胧之美、韵律之美、音律之美，一如镜中花、水中月，只可意会，不可言说。诗词，以其独特之美，深置于内心，与书香、花香，一并入情入景入境。

生活处处诗情画意……想那日离徐之际，恰逢风雨大作，黑云压城城欲摧，突生兵临城下之感。所幸"逃离"了这座城，赴沪赶考，数日后，返途中，了无压力，一身轻松，舟遥遥以轻扬，风飘飘而吹衣，怎一个惬意了得！归去来兮间，发觉这座城市又恢复了春色，允我自行修改一句诗：那日观花花欲落，今朝观花花灼灼。本以为，春风来不远，只在屋东头，如今春在枝头已十分。领教过"若待上林花似锦，出门俱是看花人"的人头攒动之势，花开时节，开始喜欢独自静赏，某一处、某一隅的花花草草，虽然不是贵妃级花草，但是在初春时节，还是被那一丝丝的生机所感染、所感动……甚或，在大冬天，去植物园花店，寻得几种绿植，置于桌头案几的同时，也植于内心，几份活力与感动，勿须外出寻春，春即在此，春在内心深处。

诗意的人，诗意地栖居，空闲之余，喜欢改动衣服上的小纽扣、小饰物。一日，将一红绿相间的外套上黑色纽扣，替换成一红一绿相间的纽扣，不知为何，总是将那红纽扣当作樱桃，绿色纽扣视若芭蕉，时光还未将人抛，订扣子间，心底便一直重复这一句"红了樱桃，绿了芭蕉"。金秋深夜，喜欢枕着桂花香气入眠，入睡前不忘体验下"人闲桂花落，夜静春山空"的意境。梅开时节，于梅树下，或静或动，或坐或舞，时时感受"砌下落梅如雪乱，拂了一身还满"。下雪季节，听雪、观雪，看那雪成点、成片，一定是"白雪却嫌春色晚，故穿庭树作飞花"……

诚如王国维所言：以我观物，故物皆著我之色彩。感谢诗词给予我的灵感与天马行空的想像。"醒来明月，醉后清风。"喜欢带着诗意的心情，以诗意的视角去感受生活、发现美、感受美……今生与诗词相遇结缘，于诗词之中，与古人共赴心灵之约，如此说来，细想之下，难道是前世之约吗？

注：2019 年 4 月 12 日，刊于徐州《都市晨报》。2019 年 5 月 31 日，刊于《东部机场集团报》。

2019 年 3 月 24 日

人间至味

雪沫乳花浮午盏，

蓼茸蒿笋试春盘。

人间有味是清欢。

——宋·苏轼《浣溪沙·细雨斜风作晓寒》

黎靖德《朱子语类》云："饮食者，天理也；要求美味，人欲也。"民以食为天，时下，吃货甚众，美食盛行。

"古来圣贤皆寂寞，唯有吃货留其名"。溯古追今，袁枚、苏轼、陆游、梁实秋及一些文人墨客，皆为名副其实美食家，以文为证。首谈袁枚，《随园食单》："学问之道，先知而后行，饮食亦然。"道尽大餐小食，详实如斯，足见食心。亦舒说过："喜欢吃的人一定有生机。"确实如此，一代文豪苏东坡，天生乐观派，逆境之中不忘亲制美食。其《千层白膜》："白馍千层堪可餐，鱿鱼虾米辍成斑。葱花瘦肉随油点，仙女闻香赶下凡。"其《猪肉颂》中细述："净洗铛，少著水，柴头罨烟焰不起。待他自熟莫催他，火候足时他自美。"小火慢炖的东坡肉久负盛名，汁浓味美，酥烂不碎，香而不腻，醉了多少吃货心。陆游谈吃论食，佳作颇丰，《饭罢戏作》"南市沽浊醪，浮蛆甘不坏。东门买彘骨，醯酱点橙薤。

蒸鸡最知名，美不数鱼鳖"。还有一些文人循饮食之道，重在其质："玉鳞熬出香凝软，并刀断处冰丝颤。""肥葱细点，香油慢爝，汤饼如丝。""鲈脍古来美，枭炙今且推。""都门好，食料极清佳。香透木樨黄玉栗，淡烹紫菜水晶虾。"梁实秋亦不甘其后，细读《雅舍谈吃》便知，不再赘述。简单一吃，经过文人骚客的笔墨渲染，便赋予十分的生机与灵气，且妙趣横生，活生生将吃上升到了一个新境界。吃货的我，高山仰止，望其项背。

文人尚如此，上观《韩熙载夜宴图》中官员之宴，下品《过故人庄》中农家之宴，官家农家皆如此，况我乎？即非蝉，难餐清风，难饮晓露。长夜漫，持炒锅，吾家厨房，夜半灯火；红烧肉，炖大鹅，世人应笑，此般执著。谁与共坐？美食伴我。夜深人静，心绪亦静，专注美食，于厨房重地的枪林弹雨中，感受一番酣畅淋漓的人间烟火。"治大国，若烹小鲜"其重要性，不容小觑，定尽力而为之。火候、时长、食材配制、颜色搭配皆源自于心，携几许诗意与禅意，将美食视若一门艺术，烹制过程，便是一段心之旅的创造过程，一如孙中山先生所言："是烹调者，亦美术之一道也"。

视之色，尝之味，以心品读美食，亦会品出智慧来。食物相生相克，以此饮食，调养身体，不失为大智也。肉生痰，鱼生火，萝卜白菜保平安，鱼肉过后，食些清淡的蔬果，人间有味是清欢。

品味美食，品味人生，人间至味，尽在其中。

注：2020 年 6 月 2 日，刊于《东部机场集团报》；2020 年 5 月 29 日修；2023 年 9 月 5 日再修。

那年今朝

忆一段机场发展创新之旅，
逐一场华夏盛世强国之梦！
此旅长途漫漫，
此梦歌舞翩翩！

——作者

时光深处，徐州观音国际机场一路走来，裹着厚重的汉文化底蕴，携着创新的机场发展观，大气磅礴，汉韵流香。

壮哉我机场，外形如鹏，发展如鹏，"其翼，若垂天之云；其背，不知几千里，飞抵南北西东"，天堑变通途，方便快捷的交通模式一一呈现！大鹏一日同风起，扶摇直上九万里，一飞冲天，九天揽月，已成功实现！

腾飞的机场，一如追梦少年，风发意气，怀揣着中国梦，锐不可当！势不可当！深知皮之不存，毛将焉附！生于斯、长于斯的机场人，与祖国唇齿相依，同呼吸、共命运，少年强则国强，机场强则国强。二十三载，机场人凝神聚气，始终如一，不忘初心；二十三载，机场人风雨同舟，不畏艰险，砥砺奋进；二十三载，机场人一路追梦，求知求变，不断创新！

常恐文思不现，常叹笔枯文拙。吟不断机场的情思绵绵，绘不出机场的浓妆淡抹，诉不完机场的发展之路，唱不尽机场的豪迈气魄。转念一想，假以何人之笔，纵使李白、苏轼、柳永在世，断然也描不出、绘不完机场这首史诗、这曲壮歌！想至此，便释然……虽不才，只因这份对机场的爱，今日以爱为名，于案几、于桌旁，书就此篇。忆一段机场发展创新之旅，逐一场华夏盛世强国之梦。此旅长途漫漫，此梦歌舞翩翩。

注：2020 年 1 月 20 日，刊于《东部机场集团报》。

2020 年 1 月 10 日

观音伴君行四方，诚为衣兮信为裳

言忠信，行笃敬。

——孔丘《论语·卫灵公》

大鹏起兮云飞扬，观音伴君行四方。一诺廿年不曾忘，诚为衣兮信为裳。

古语有云："索物于暗室者，莫良于火；索道于当世者，莫良于诚。"有火有光，方可驱黑逐暗，一展明亮；有诚有信，始能立足天下，不言自芳。自古以来，"诚信"一直被奉为立国之基，立世之本，做人之道。

上至国家，下至百姓，政令通畅，国富民强，皆循此本、皆遵此道。人无信不立，业无信不兴，国无信则衰。古有曾子杀彘、立木为信、季札挂剑、烽火戏诸侯等诸多知名历史故事，虽经千年，正反史实，依然鲜活生动，足见诚信之要。

回顾徐州观音机场走过的二十三年，始终将诚信根植于心、内化于心，一贯秉承诚信发展理念，视其为机场文化精髓所在，以诚待客，守信尽责，以实际行动践行和诠释诚信内涵。

一、换君心为我心，诚信服务体情真

国家级巾帼文明示范岗红燕服务队，多年来，一直"想旅客所想，急旅客所急"，服务中换位思考，以诚信待客。针对不同群体旅客，推出经典特色服务：无人陪伴儿童的燕儿飞、轮椅旅客的助你飞、VIP 旅客的尊享飞等等，感人花絮，不胜枚举。

犹记那年春，一名留学香港的学生，从香港飞石家庄，转机徐州。因天气原因，该航班延误。旅客下机取行李时，不慎误撞至大巴车行李门，头部血流如注，红燕服务队李宗见此，第一时间联系了机场医务中心，紧急止血处理，及时控制伤情，并迅速上报值班领导、联系旅客家人。伤情平稳后，连夜转至市三院，主动垫付医疗费，行 CT 检查、清创缝合术，及术后破伤风、免疫球蛋白等进一步诊断与治疗。李宗临场不乱，整宿陪护，言行之间，解除旅客后顾之忧；危难之际，给予旅客真情与温暖。此举，受到了旅客及其家人好评，旅客感激之言难尽，一再重谢，均被李宗婉言拒之，事后客人寄来了表扬信。以诚待客，是每位机场人心之所备、情之所付，一切皆是如此平常，何须言谢？

一年寒冬，厦门飞徐州航班，一位旅客怀抱几月大婴儿抵徐。见母子衣正单，瑟瑟蜷缩成一团，李宗心系旅客安暖，火速跑回工作间，为旅客送上自己的午休被，暖暖地披在母子身肩。数日后再返时，旅客一如之前所诺，守信送回"暖心被"，并表示回厦门后，寄上海鲜以示谢意，亦被李宗婉拒。事虽小，见微知著，旅客守信送回暖心被，李宗又何尝不是以心、以诚，践行机场"想旅客所想，急旅客所急"的诚信服务理念？

二、一线死守严防，安全诚信齐护航

生命如此可贵，每个生命均值得敬畏。身肩人民生命、财产安全之重托，这二十三年间，观音机场人每时每刻，丝毫不敢松懈，警钟长鸣，居安思危。自上而下，遵章守规，爱岗敬业，为安全诚信，保驾护航，打造平安机场。

今年春，疫情突袭，染者数万，人心惶惶。大疫当前，徐州观音机场人，使命在肩，诚信在肩，从领导至员工，不躲不退，冲锋在前，携手克难。机场急救中心曹亚顺主任，自疫情发生，第一时间快速投入到这场疫情持久战，制订应急救护预案，处理体温异常旅客、特殊事件，身体力行检测工作，巡视各个体温检测点。持续多日苦战，已顾不上家有老母，身在耄耋之年，即便除夕，仍身处一线，难与老母团圆。安全质量部周磊，疫情来袭，被委以重任，担任机场疫情防控小组办公室副主任，连续多日奋战，电话 24 小时待命，闻令而动，快速处置应急预案、汇总审核防疫数据。夜以继日，昼夜难辨，工作至凌晨两三点，已是司空见惯，且家有孕妻，鼠年分娩，同在机场，战疫夫妻，共守一线。安检员闵国祥，家有两子，幼子两岁，孩提之童，需要照看，因妻患病，又因其身处机场安检一线，幼子只得交由年迈的父母看管；患病之妻，则由懂事的十一岁长子照顾。因疫情，闵国祥已有十多日未归，因妻药用尽，方请假回家。刘运清，市劳动模范、优秀共产党员、一名消防战士、一名退伍老兵，疫情防控以来，主动放弃休息，到机场露天南门口，与戴立红董事长一起，不惧风霜、不畏严寒，测温登记，严把机场第一关口。还有还有，许许多多奋战一线的铿锵玫瑰，本就柔弱女子，可疫情来袭，严控死守，巾帼怎让须眉？

感人的事儿诸多，比比皆是。他们，亦为人父、为人夫、为人子；亦为人母、为人妻、为人女，身肩旅客重托，亦身负家庭重责。只因秉承生命至上、安全至上的理念，誓守安全诚信的诺言，职责担当、使命担当，他们舍小家为大家，舍小爱为大爱，日日夜夜，坚守在前沿，不放过每一位疑似患者，不放过每一点安全隐患，以最美逆行之姿、最帅迎战之态，用心守护机场每一道门户，严把各个防疫关口，将诚实守信准则贯彻于点滴行动之中。

三、复工复学复产，攻坚克难信为先

疫情期间，各家航空公司纷纷取消航班。为助力武汉、助力援鄂医护人员；助力徐矿人员复工复产、助力煤电公司跨省复工复产、助力涉外入境技术指导专家复工复产，为新人海南旅游婚宴，观音机场发挥航空运输优势，诚实守信，克服重重困难，主动出击，积极联系航空公司，落实航班时刻、航线等事项；涉及涉外疫情包机业务，应疫情防控要求，随时向市涉外疫情防控指挥部上报情况，报审保障预案，严格落实防控预案；与海关、边检密切配合，对飞机落地全面消毒，境外人员咽拭子采样、体温检测，逐一落实保障措施，组织实战演练，确保涉外包机任务圆满。通过积极联系、多方努力与配合，攻坚克难，如期开展多起包机业务，一诺载客行，此行飞遍万水千山，飞过西北东南，飞越崇山峻岭，飞抵心之所盼。

援鄂人员及时抵达武汉，救治任务圆满；161名徐矿职工顺利抵达新疆库车，开始复工复产；来自河南省商丘的184名新疆神火煤电员工，跨省乘坐观音机场飞乌鲁木齐包机，赴疆返岗；由于受疫情影响，久未成行的德、日、韩专家顺利抵徐，对设备进行调试安装；新人欢聚一堂，飞赴海南，置办婚宴，喜气洋洋。此外，对本市首批1690名大学生返校复学，提供航班任务保障。

以上林林总总，一切一切，均以守诚守信而实现。

古语云："是故诚者，天之道也；思诚者，人之道也。"思诚，则通与天道，真实无妄，诚实无欺。观音廿年，始以诚信为伴，言立其诚，行立其信，一言一行，一诚一信，言行相符，诚信相携，方至久远。

注：此文获华东民航局"诚实守信，一路畅行"信用民航主题征文二等奖。

2020 年 10 月 23 日

乘风破浪正当时

改革创新正当季，

乘风破浪正当时。

——作者

素有凌云志，永创新纪元。弹指廿年间，徐州机场，频展新颜。改革创新正当季，乘风破浪正当时。

4月14日，民航局冯局长提出了三个敬畏，即"敬畏生命、敬畏规章、敬畏职责"。这是新时代符合徐州机场的三敬畏，言简意赅，一语中的，是徐州机场安身立命之本，长远发展之要。

生命如此可贵，每个生命均值得敬畏。身为机场人，安全至上，警钟长鸣，安全意识紧绷，居安思危，防微杜渐，及时排查安全隐患，防患于未然。《孔子家语·观周》中说："焰焰不灭，炎炎若何？涓涓不壅，终为江河。"可见疏忽细小的危害，禁微则易，救末者难。

孟子曰："不以规矩，不能成方圆。"详尽的规章、细则，方保障有力。各级领导当以身作则，首当其冲，一马当先，起到表率带头作用，形成自上而下，遵章守纪的良好工作作风。在一遵一守之中，切实做到为安全保驾护航。然规章绝非一成不变，上至国家法律法规，下抵机场规章细则，均应与时俱进，不断完善，一如《吕氏春秋·察今》所述："故治国无法则乱，守法而弗变则悖。"国法如此，场规亦然。

每个人，为人父母者、为人子女者、官者、医者、兵者、民者，人人肩负一份责任，责任不同，但责无旁贷。溯古追今，纵观中外，名人、凡人皆如此，概莫能外。同理，在职在位的机场人，亦肩负一份对机场的职责，因这份职责关乎人民生命财产安全，而愈发地沉甸、厚重。身在其位，必尽其责！守土有责、守土负责、守土尽责！己亥末，庚子春，疫情突袭，染者数万。大疫当前，徐州机场人接受了此次考验，积极迎战。从领导到员工，不躲不退，身处一线，心怀对生命的敬畏，重任在肩、职责在肩，凝神聚气，风雨同舟，时刻前沿坚守，严把第一关口！疫情不退，徐州机场人不退！最美逆行，再谱新篇！

欲事立，须心立。小成靠智，大成在德。清风正气，气正则人心聚，扶正祛邪，扬公抑私。每日察人观己，做到三省自身，有则改之，无则加勉。唯虚心、诚心以对，方能知错、纠错、避错。此外，广纳谏言，使之常态化，广开言路，及时汲取民声，忠言固然逆耳，然利于行。纳谏同时，举贤荐能，德才兼备者，以德为先，人尽其才、才尽其用。正如魏征《谏太宗十思疏》中所述："简能而任之，择善而从之，则智者尽其谋，勇者竭其力，仁者播其惠，信者效其忠。"

常将有日思无日，莫待无时思有时。常思常改，相互共勉。流水不腐，户枢不蠹，有破有立，创新不止。正气一身，清风两袖，敬畏有三，牢记心间。推进作风开展，守住底线，立足高远，不畏浮云遮望眼。路漫漫其修远，于不断求知之中，提升自身修炼！

2020 年 5 月 8 日

遇见你·食尽人间烟火的一只小兔子

凡所际遇，绝非偶如要第。

——张小娴《随心笔人才成》

碗里还剩下一条油炸黄花酥鱼、一根鸡翅，揉揉饱胀的肚子，着实一口也食不下去。思忖着是否再食上一两口，还是就此作罢？犹豫间，忽生一念，分与那只小兔宝食，一则实现光盘，二则满足小兔宝的口腹之欲。

按常理来说，兔子是不食荤的，以兔粮与兔草为食，偶尔食些小面包、小水果类，这也仅限于五个月以上的兔宝宝。而我这只小兔宝是与众不同的，是另类的存在。它不仅喜食兔粮兔草，连肉类也食。不是开玩笑，也并非教唆兔主人都去喂食肉类。友情提醒，兔宝是不能轻易食这些肉类的，油脂过多，以致肠胃不适，引发腹泻，严重则奔赴兔星。尤其五个月以下，更不可随意喂食，即便五个月以上，因每只兔宝消化系统不同，亦不可以打破科学规律胡乱喂食。

养兔宝数只，缘何说这只是另类的存在？因为它的确与众不同。先说与它的相遇这段，离奇到可以写入剧本。本人一向喜欢大眼睛的兔宝贝，那日无意得知卖家处有一只超萌、卡姿兰大眼的兔宝，看那视频委实动心，尽管彼时已有数只兔宝，还是冲动下单。因父即将出院，便商量着让卖家帮喂食数日，待父出院再发货，这样可以全心全意照顾幼小的兔宝。卖家满口应允，期间不时询问兔宝可是安好？卖家回复：好生伺候，未再言及其他。及至父出院，一周已过，便催促卖家发货，满怀期待这只小可爱的到来。记得那日到货两只小兔宝，上午到的是纯白宝宝，与兔群众友分享纯白宝贝到家的喜悦，下午便开始与众友期待这只小可爱的到来。拆箱后，发觉这只兔宝左眼眯缝着，张不开，下眼睑处有一小鼓包，且眼周毛发粘连，估计眼部有炎症。初以为因眼部炎症导致眼睛变小，但查看耳朵，发现耳朵非纯黑，有少许白毛掺杂其间。发图与众友看，众友比对之前视频里的兔宝，均呼发错，很明显发货这只颜值一般，不及那只惊艳。气愤之余，便去找卖家讨个说法，与卖家视频确认后，卖家承认发错，并找出原先下单那只拉肚子、身体不好，故未发货理由。心里对卖家愤愤不已，明明可以事先告知，已有兔宝数只，不缺这只。倘若果真如卖家所言，那只身体不好，退款便是。然后询问卖家，如何将错发的这只寄回。谈到寄回，这只小可怜确实蛮有灵性，那瘦瘦的小脑袋一直往我脸前亲凑，弱不禁风、可怜兮兮的小样，瞬间触发心底那份柔软。许因月龄过小，天生体质弱，加之一路舟车劳顿，缺水短粮，一副比林黛玉还羸弱的样子，着实于心不忍就此寄回，寄回便是活生生去送死，因为它禁不起再次舟车劳顿。再说，快递不允许寄活物，快递行不通，换物流，亦不敢想像后果，毕竟一条小生命，且它恋我如斯，眼睛里隐约透露着不要送我回去之意，心中怒火瞬间熄灭，为它那副楚楚动人之状而几度柔软起来。问及兔宝眼部情况，卖家回复眼睛上火，见这病态，卖家答应送我便是，后来亦付卖家一半费用。就这样与这只小可爱结缘，冥冥之中注定的缘分。倘若平日从直播间下单，万万不会选这只，即便免费，因为不缺兔宝。

既已如此，接受事实，好生待它。彼时真不确定能否养活，尽自己最大能力。于是将上午到的那只纯白小兔，卖家所赠的电解多维水分给它，让它在缺水缺粮状态下，能快速恢复体质，好粮好草也予它，见它吃得欢，甚是欣慰。彼时正值初春，天气寒冷，虽处暖气房，体弱的它，热也不是，冷也不是，初到那段时间，时时守着它，日日忧心，夜夜难寐。然后便是四处寻医买药，去医院、去药店，购买各种治疗眼疾的药品及眼药水。兔友们一致说独宠这只，谁让它如此羸弱呢？之前那些受宠的兔宝们虽照顾有加，但是就偏爱程度而言，明显打入冷宫之列。待天气暖和起来，第一只外带，且经常外出游玩拍照的便是这只小可爱。这只小可爱有个优点，能吃会喝，见它食草食粮，真可谓津津有味，即便喝水，也瞪大眼睛很认真喝上好几大口，每次它予我的印象：我在认真吃饭，我在认真喝水。认真的小模样，惹人怜爱。日子一天天过去，它的体质一天天向好，眼疾业已治愈。如今的它，一身雪白长毛，两只明亮的大眼睛，跑步带风，生龙活虎状，与往昔相比，判若云泥。这只小可爱有别于它兔之处，与人亲近，主动讨食，不仅仅讨食这点，且喜荤食。起初不知，见它咬笼讨食，免它生气，以为它不吃，以一熟碎肉予它，不想它吃得欢，不敢再喂食，恐拉稀便。不想，发现便便正常，并无异状。后来它讨食的品种繁多，几乎来者不拒，但是每次都予它一点。盘点小可爱食过的菜品：鸡、鸭、鱼、牛肉、猪肉、牛奶、香蕉、桃、荔枝、梨，连营养杂粮豆汁，还有蒸槐花、蒸桐花也食过，真可谓遍食人间烟火。酸菜鱼、豆花鱼、鲈鱼、鳕鱼、桂鱼、带鱼、鲳鱼、黄花鱼等都喜食，极像相声中报菜单，确实是兔宝品过的美食。不过强调一点，并非日日、餐餐，只是偶尔喂喂，否则其肠胃承受不了。

平时见不得我吃东西，即使食罢入得屋内，它也嗅得仔细，起身讨食，真是质疑这是否是一只兔子，活脱脱小狗一枚。猜它应是品种不纯的小兔子，否则不会杂食至此，且肠胃强悍如斯。其实，心里是不在乎是否纯种兔兔，于我而言，它就是后宫三千，独宠这只。现在每每一旁独食，不分与它，便会心生愧疚之感，觉己似偷食，但是出于对它健康考虑，还是尽量躲开它，或正餐，或零食。

话说，中午便将这黄花鱼中取出一点无刺嫩肉喂它，它食甚欢，再将鸡翅中嫩肉分与它，它亦不拒。恐其脂肪过剩，防其食出脂肪肝，于是乎，它一小口，我一大口，与它共享这点美食。见其他兔宝一旁偷看，将碎肉分与其他兔宝，其他兔宝笼内四散，一副惊恐状，怕食之有毒，避之不及。

"凡所际遇，绝非偶如要第。"今生有幸遇见你，你是众兔中的万分之一，爱你，你这只食尽人间烟火的小兔子。

2023 年 8 月 9 日

兔　趣

趣味是人生的根底。

——梁启超

伏案过长，一时疏于兔宝喂粮，此际听得兔宝咬笼跺脚，天摇地晃，极尽愤恨焦躁状。抛向我的小眼神，夹带着不曾出现的几许幽怨哀伤。果不其然，急急奔赴兔笼现场，粮草皆荒，速速添草补粮。

民以食为天，兔宝亦然，为兔宝所储备的粮草多数囤积于地下室。每次于地下室取回一袋粮草，上楼入电梯，所遇邻人皆抛向不解眼神，不熟者闷声不语，暗自猜疑；熟者直截了当，发问："你还吃这个？蒸菜用？"每回闻言，忍俊不禁，解释为兔宝粮草，非我所食。也难怪，兔宝甚少出门，邻人不知我养兔。

"兵马未动，粮草先行。"感觉于地下室囤粮，有如囤军粮备战之感，只可惜我这是一群兔美女，天生柔弱，不若木兰英姿飒爽。

兔宝生气才会跺脚，群兔之中当属小灰尤甚。正所谓近墨者黑，小灰的坏脾气一如潮湿梅雨天气，也传染了其他各兔宝，幸好并非群体跺脚，兔宝还不至于共频如此，倘若如此群体跺脚以示不满，那场面难道是揭竿起义不成?

由兔宝跺脚引发汉代踏歌想象。上网百度下，"踏歌：即唱歌时以脚踏地为节奏，原为汉、唐时的风俗性歌舞，连臂以脚踏地而歌。"因 N 年前，恋上古典舞蹈《踏歌》，因"那一群口动樱桃破，鬟低翡翠垂"的女子。文人颇多笔墨，最知名唐·李白《赠汪伦》诗："李白乘舟将欲行，忽闻岸上踏歌声。"唐·储光羲《蔷薇篇》："连袂踏歌从此去，风吹香去逐人归。"一群举袖搭肩明媚的女子，想我家兔宝亦有汉服，着装俨然汉服美兔宝，跺脚甚是有力，可惜踏不出汉舞的步调调。

2023 年 8 月 4 日

手饲兔口所感

其中体趣，言之不尽。

——范晔《狱中与诸甥侄书》

右手大拇指，还霍霍地疼着，已自行伤口碘酒消毒，并包上了创可贴。怪不得兔宝，自己以手饲其口，主动送上门，明明预见有被咬风险，还一意孤行。可出发点是好的，因午时买了些甚甜的葡萄，想着与兔宝们分享，可就是有几只兔宝，从不食水果。想兔宝来此人世一趟，总归得看看月亮，当然也要葡萄尝尝，索性强行挨个抱起，逐一往兔宝嘴里送葡萄。遇到乖的兔宝，任内心怎样一万个不乐意，还是把葡萄吃了，且从不咬人。许是大意了，到最后一个兔宝时，就没有这般配合了，以手往其嘴里送葡萄时，这只巧克力兔宝出其不意地咬下大拇指，及时将拇指抽回时，鲜血如注。在这"后宫"一堆美女兔中，这只算比较"腹黑"，比如宫剧中某某妃嫔。

及时伤口消毒处理后，便对这只兔宝进行思想教育，"养不教，父之过；教不严，师之惰"，总之，不教育便是我的错。竖着包着创可贴的大拇指，先是在其面前，很矫情哭诉一番："哎呦呦，疼死了，可不能咬人了，咬人不是好宝宝。"说实话，是有些夸张，此般哭诉委实有表演之嫌，不夸张，它便不知我痛。见其默不作声，许是被我吓倒了，还是自有悔意。再将手置于其口处，这只兔宝便不再张嘴咬手了。见其小可怜状，遂抱起，在怀里安抚，用这只受伤的手，安抚它那颗脆弱的玻璃心。随后将伤指再示与其他兔宝们看，故作痛苦状，每只兔宝均瞪大可爱的圆眼睛，偶便从善意的角度，自行解其语：妈妈好可怜，伤势不轻……其实并未生气，从不与兔子置气，谁叫它这么可爱呢！

　　"其中体趣，言之不尽"。

2023 年 8 月 12 日

偶的宠宠们·小灰

民生各有所乐兮

——屈原《离骚》

不知为何，养宠上瘾。自去年始，每回入得直播间，便下手一只，去年是鸟，今年为兔，且每次下手之快，己亦为之叹服。每每秒购小宠，颜值颇高，可爱至极。

今置兔年，实在难抵心中喜爱，养兔有瘾，一只不够，居然养数只，超出常人想像，亦超己预期。兔宝贝中，最可爱便是那只灰宝宝，一身浅灰色毛，并非纯灰，灰白相间，很雅淡的灰，怎么看都似一副水墨图，五色墨中淡墨一种。自古以来，美女一向孤傲清高，拒人以千里之外。这只美女兔宝亦如此，自恃外貌出众，对我总是一副不理不睬状，高兴时不理则罢，稍有一点不顺，那点林黛玉似的坏脾气，便重重跺脚。也别说，看似娇小一只，跺起脚来，整个笼子都在晃，可谓地动山摇，大有孟姜女哭长城之势，倘若加重场景渲染，当辅以掀雷裂电，须以这惊天霹雳，方显我兔宝郁结闷气。并非兔笼质量不过关，所选兔笼均为专业稳固兔笼。娇小可爱一只，居然爆发出如此洪荒之力，由此可见，脾气之大。起初不明，缘何跺脚？后来得知，缘于不快与不安。说到不安倒不至于，应为心中郁气闷结所致。心病当需心药医，必须找到心病根源，对症医治。中医云：气行血亦行，气滞血亦滞，不能因心病而影响我兔宝的身体健康。秉持认真严谨、对兔宝负责的态度，经过几番实践求索，终于查明其不快之源，比如缺食，比如睡时被扰，还有亲抱其他兔宝时所产生的嫉妒。前两种原因，尚可理解，至于兔宝会嫉妒，着实不解，兔兔一向予人冷血的感觉，不及狗狗有灵性，不会互动，怎会存嫉妒之心？实则不然，实践中得知，确实如此，不仅兔宝，鸟宝亦如此，均有嫉妒之心。当然每只兔宝脾气性格不同，外向与内向之分，嫉妒表现深浅不一，正如人之脾气千差万别。有的兔宝热情似火，打开笼门的一瞬间，必定给个热情洋溢的抱抱；有的兔宝则独居笼内一隅，或趴、或躺，不管处于何种状态，总之不理不睬，冷漠均显示在脸上。除非饥饿难耐，笼门前挤破脑袋索食，与之前一副冷漠状判若云泥。查清原因，每回添食，必先给这只小灰宝添粮加草，每回欲抱它兔，必先抱小灰宝，相信日久生情之说。果不其然，小灰宝的冷漠渐已褪去，有时会主动把脸放在笼前，嗅嗅我，以示友好。可总归坏脾气一时难尽，偶尔唤它，使出所有的嗲里嗲气予它，它也不理，时而它会用那双萌萌的、带着钻石般灰蓝的大眼睛看我，那一刻，所有的不快烟消云散……每遇此番情形，便会套用红楼体语言戏谑它："瞧瞧，我不就是多说几句话，扰你睡眠了，宝宝你就这般模样对我，终究是被宝宝嫌弃了，这倒是我的不是了，""宝宝，这怕不是又被哪件烦心事给绊住了，竟如此不理人了。"言罢，自己也会被逗乐，讨爱兔一笑，可谓费尽心思，然值得。

张爱玲在《倾城之恋》里说过："不生气的女孩，多少有些病态。"观之，捧腹一笑，可见生气为正常态，为天下女孩之共性。不过从健康角度而言，还是少生气为妙。以后的生活中，誓要把这只林黛玉式的兔宝，打造成王熙凤款，泼辣、敢为，不知成功否？且拭目以待。静心而论，也许就是空想。不论如何，人总要心存一份美好，有所期待吧……

2023 年 8 月 7 日

鹦鹉学舌

最是可爱有觅处

鹦鹉学舌三两句

——作者

近两月，每每伏案写作，便听得一旁鹦鹉学人语，今又是。

且每次都是那么几句："宝宝乖乖，真聪明，真可爱。""小白兔宝宝，蹦蹦跳跳真可爱。"还不忘附上一串串咯咯笑声。语音语调，皆是如此女里女气，当然是仿我语气。本就因行笔而致脑胀，或过于专注行笔，被它这机械重复语所恼，转念一想，它如此快乐自在，也就不放在心上了，权当活化大脑，扰了的思绪可以重回，只要它开心就好。

许是冥冥之中的注定，记不得应该十年前吧？第一次养那只八哥，教它背诵诗词外，儿歌便是这首"小白兔，白又白，两只耳朵竖起来，爱吃萝卜，爱吃菜，蹦蹦跳跳真可爱"。那只已去鸟星的八哥，算是鸟中绝顶聪明的一只，小白兔儿歌背诵一字不漏，但凡诗词，李煜那阕《浪淘沙令·帘外雨潺潺》，上下一整阕，亦逐字不漏完整背下来，甚或有时戏它，词中任意念一句，它会很快接出词中下句。现养的鹦鹉，有大头鹦鹉，有玄凤鹦鹉，学语均不及那只八哥。当然也因个人较忙，教授时间短、频率少所致，总之，这些鹦鹉天资也略略差些，传授的小白兔儿歌，亦学得个只言片语，不过还好，不妨碍我对它们的喜爱。

说起缘分这个话题，缘分其一，是如今这只大头鹦鹉学语的语音语调与当年那只八哥，近乎百分之百相似，以至于，时而恍惚我爱八又回来了，虽说同是学语，因八哥与鹦鹉不同，鹦鹉的学语更机械些，不想竟会与那只八哥语音、语调、语气如此相似，简直八哥附体。更不可思议，便是那只八哥的名字，是一英文名，只是偶尔会在母亲面前提前提及那只八哥，不想被这只鹦鹉偷学了去，每回夜深人静，它便学叫八哥的名字，与当年我唤那只八哥语音、语调、语气，如出一辙，甚是惊奇。缘分其二，想起十年前所教授的这首小白兔儿歌，彼年从未想过，它年以后会养兔宝宝，且不止一只。在爱鸟声声"蹦蹦跳跳真可爱"的学语中，果然来了一批蹦蹦跳跳真可爱的兔宝宝们，缘分至此。至于兔宝宝是否一如鸟宝宝口中所言，蹦跳之中真可爱，我认为如此，鸟宝宝则不然，将鸟宝宝放于兔宝宝面前，那一副惶恐状，并非口中机械重复的可爱，每每见此，忍俊不禁，鸟宝、兔宝，其实都很可爱。

2023 年 8 月 12 日

忆爱八

此情可待成追忆。

——唐·李商隐《锦瑟》

其一

午时，慵懒侧卧于床，听曲看书。一旁爱鸟，刚出笼，兴奋地于我身前身后，肩上背上，不停跳跃，不时感受它小爪在我肩背间传递的温暖，任它飞到我耳边、头顶轻啄我的长发，不觉间枕书沉沉睡去。小憩片刻，忘记了它的存在，醒时发现，它竟安静地立于我肩头，生怕惊扰我，一动不动。心瞬间融化，好善解人意的爱鸟！此刻时间仿佛凝固，真想长久定格这温馨一刻，想岁月静好，应如是。当我转脸微笑对它时，它便开始抖动羽毛，又说又笑，欢快明媚起来。午安……（开心补句：它善解人意如此到便便不曾留下。）

2017 年 9 月 17 日

其二

今早心血来潮，好想吃酸辣白菜，许久未吃，味蕾细胞欢呼

雀跃，中午亲自下厨，做菜心情特靓，不在于这道菜，因为做时
有一位特别嘉宾陪同，它就是我的爱鸟。没养鸟的人可能无法想
像、体会那种快乐的感觉。平日里，它几乎不入厨房重地，今日
不知怎的，逃出"牢笼"后，竟无畏烟火，径直飞向厨房来寻我，
一直稳稳地立于我左肩，静静地看着我一道道工序忙乎着，心里
颇为感动。只有在油炸那烟火一刻，它机灵地飞回客厅，立于一
隅，远远观我。待这第一道程序结束，聪明如它，又回我左肩。
开心如我，又时时担心着、紧张着，生怕它一不小心误飞热锅，
成为我的一道伤心菜，所幸，乖巧如它。这道简单菜，此次做起
来，耗时长，因心有所绊，故调料一会少放，一会多放，一会再补，
心不在焉的，心底已暗自裁定为史上最难以下咽之菜。不过转念
一想，无所谓啊，有它第一次陪我做菜，世人又有谁会体验到此
种快乐呢？有了这份难得的快乐相随，菜味已退居其次。不曾想，
入嘴后还挺美味，并获得父亲的夸赞，那种美美的感觉，难以言表，
难以言表……

2017 年 11 月 12 日

其三

现在的它在笼里安睡着，每晚只要走近鸟笼，它都会向我道
声晚安（大部分中文，有时中英文），一晚上会道数次晚安，好

开心。此时静想，安睡的它，不知是否也会做梦？是否有梦过主人我？梦中是否忆起带它游玩的诸多趣事？总之，我是记得，常在偷笑中忆起……

2017 年 11 月 17 日

其四

清理房间，不仅清尘，于我而言更多是一种重遇一份美好，那些被冷落的小饰物、衣服、书籍，当整理房间时，与它们重遇初见的美好。其实但凡买来的，皆是入心入眼的，整理时有种遗忘后的意外惊喜、意外发现，脑海不时闪现买时的快乐场景，同时又夹杂几丝愧疚，感觉它们自来，便如久居冷宫的妃嫔。不知它们是否如人一般有思维，会心生怨恨？还好定期整理，还会遇见。因这份美丽，单调的忙碌而变得心情愉悦，伴着轻音乐，重拾了一份快乐。当然，也遇见爱鸟偷偷留下的罪证——几处便便，一度亲朋曾质疑如此洁癖的我，怎会想起养鸟？一时心血来潮，既养了便有了感情，想想它的善解人意，我还是笑笑忍了。我在忙乎，它一旁开心说：亲亲，kiss，打扫卫生。嘻嘻，让我如何不开心，让我如何不爱你！

2017 年 12 月 9 日

其五

虽不是好学之人，但爱惜书，读书前须净手。可是今晚读书时，爱鸟一旁陪读，冷不防竟啄掉书一小角，心疼不已。转念想它也许是无心之过，因求知若渴，嘴不释卷吧？发觉自己适合做爱鸟的辩护律师，为它的种种过失，作唯美且高大尚的辩护。嘻嘻，此夜安好……

2017 年 12 月 19 日

其六

看到蒲公英的花语 :loveendless，自然而然想到我的爱鸟，悉心照料它数年，没有功劳还有苦劳吧？教它数句中英文，学语挺快，唯独喜欢的此句 :Iloveyou，还被它口吃说成 :I…loveyou，听着都好笑。每次回家，它都激动地鼓足气，膨胀着羽毛乐此不疲对我说，每次听了都忍俊不禁。我也不自觉跟着口吃与它同步，I…了个半天，也许此种默契强化了效果，以后，此句口吃更是成了天经地义。语毕，我笑着，它也学我笑着，满屋笑声。转念一想，纵观历史，但凡口吃者，必是才华横溢。鸟也不例外，谁又规定此句，就不可以口吃着说呢？也许是它调皮，也许是它羞涩吧？这些个解释相当完美吧？现在它已上了年纪，个人认为，算算鸟龄，开始学会了遗忘，把我教的诗句，遗忘一句，还自以为是加上一句自己喜欢的句子，纠正数次无果，我也不打算纠正了，不改就不改了，由它吧。这也许就是它的特色呢，说不定哪天，再遗忘几句，再重组几句，真成了它的自创诗、特色词了呢，奢想吧？嘻嘻……

2017 年 12 月 28 日

其七

这个春天有点任性，一周之内经历春夏秋冬。还好，终于平稳进入春日模式，确切说，还略带点夏的火热气息。春日各种花、各种野菜粉墨登场，面对种种清香与花香，同时也无法抑制各种色彩诱惑，继榆钱和桐花之后，今一早又买回洋槐花。看着那一包淡黄色的花瓣，忽感觉像极了缩小版的玉兰花，又似朵朵茉莉花。个人的感觉吧，心如花，我想它是，它便是了。在洒满阳光的阳台上，安静地择捡洋槐花瓣和花梗，心情恬淡静怡，一个不经意的回头，发现爱鸟在客厅笼里，伸长脖颈"偷窥"我，看它那小可爱的模样，忍俊不禁。好吧，放它出来，它开心飞到我肩上，立于肩头看我择捡。我告诉它这花名，它很认真在听，静静地看着，后来这样一段择捡过程变得异常安静。静谧之外，脑海里又开始天马行空，我与这爱鸟的缘分，始于哪一世呢？前世，我会不会就是它，这样一只深受主人喜爱的鸟？而它就是我的主人？前世，会不会上演同样的场景？我在观与听，而它，这个小主人在择捡洋槐花？会吗？也许吧？

2018 年 4 月 21 日

若待上林花似锦

身负重甲无怨，

挥戈纵马无憾，

怎顾画眉深复浅？

——作者

　　樱坼莺啭，青嶂翠峦，观云听雨踏青日，泛舟行船最美时。猝不及防，疫情陡转，再次蔓延，形势危急，刻不容缓。此际，全市按下暂停键。

　　喧嚣不复，热闹不在。党员群众，主动请缨，坚守一线。秉持必胜信念，力克万难，一如夜空星光点点，汇入这场没有硝烟之战。古彭大地，再续抗疫新篇。

　　身居北关，中高风险，每次测核酸，我都看见，那位志愿小伙干劲十足、一脸灿烂。排队闲谈，得知他家住万科，已被封控，有家难还，每每趴在桌上，便是一晚。感动着他的不易，更感动着他的豁达乐观，身居逆境，积极向上，毫无怨言。

　　社区杨主任，一位秀气的女子，难以想像其瘦弱双肩，多小区分管，何以承担诸事碎繁？每日夜间，忙碌一天后仍不忘次日工作，梳理特殊情况，上门核酸，不漏一户，不落一员。憔悴之颜，口罩可遮；嘶哑之声，疲惫难掩。

小区门前，还是那几位党员，轮流值守、志愿把关。其间不乏白发苍苍的杖国之年。三年一霎，韶光似箭，同一场景、同一画面，记忆再现，恍若时光倒转。每次危难，都是他们冲锋在前，守小区一方心安。

因为疫情，公司现有一部分干部职工坚守在机场一线，响应上级号召，积极应对疫情，抓防控、做培训、促管理，一刻不闲。疫情肆虐，舍下黄发垂髫，无法照看，以无我之姿，以为民之态，践行习近平总书记"我将无我，不负人民"的共产党人情怀，本色彰显。

管中窥豹，可见一斑。各行各业，还有未曾提及诸多奋战一线的人员，更有那些可敬可爱的医护人员。他们以快进键方式，逆风而飞、逆行而上。口罩遮掩了娇颜，防护服隐藏了曲线，身负重甲无怨，挥戈纵马无憾，依然斗志不减，怎顾画眉深复浅？

世间再华美的语言，都难以描述他们动人之举、无私风范。若待上林花似锦，唯盼春光再暖，聚首相见。

注：刊登于 2022 年《彭城诗派》第 2 期。

2022 年 4 月 5 日

戏马台游记

古徐州形胜，消磨尽，几英雄。

想铁甲重瞳，乌骓汗血，玉帐连空。

楚歌八千兵散，料梦魂，应不到江东。

空有黄河如带，乱山回合云龙。

——萨都剌《木兰花慢·彭城怀古》

昔年，寓外公家，其居近台，时未复建，尝与小伙伴攀石阶、浣花池，斗虫拾草，眠云卧石；尤喜青砖古巷，追跑猜谜，打闹嬉戏。岁月如流，时节不居，忆起草蛇灰线、蛛丝马迹，心颇感之。

今复登临，方至山门，李可染大师墨笔，"戏马台"三个鎏金大字，于山门正襟危坐，面持皇家威仪，。

岁月无声，唯有这54级石阶不肯老去。阳光下，纷纷捧出赤诚之心，忠心耿耿地叩首于此。石级设置，亦别具新意。山门外31石级，意项羽31年生命简史；山门内23石级，寓其23岁吴中举义。喜欢23级台阶阶腹，这里住着一行行表情文字，密密匝匝，挨挨挤挤。许是不甘心长年受困于此，甚或，基于对项羽的爱慕久持，便争先恐后表现出欲脱之势。

步出石阶，正前方"拔山盖世"构图，甚是秀蔚，一览无遗。厚重的"霸王雄风鼎"，沉默不语，似一枚古闲章，稳居画面落款处。

背景中，一些古树，正瞌睡在阳光抚摸后的秋乏里。苍绿的古风纹理，隐约轻蘸着水绿的期许。左左右右、远远近近、高高低低、虚虚实实，以自由伸展的笔意，书就了画中题识的脉脉情语。不经意间，一个思想上的趔趄，便跌入了楚韵画史。

移步"楚室生春"院，雄风殿前，屹立着高大威猛的霸王项羽雕塑。九尺魁身，冠胄衣甲，临风挺立；氅衣飘举，倚天执剑，轩昂气宇。方正的石刻线条语言，坚硬的肌理质感，有虎啸山野之威、龙腾祥云之势。举手之处，是"力拔山兮气盖世"的豪迈不羁；目之所及，是"将相宁无种，本无富和穷。四海皆兄弟，世界应大同"的远见卓识。塑像两侧，"松柏之姿，经霜犹茂"，其干粗砺，龙蟠曲结，经风侵雨蚀，似削若劈。

雄风殿，即台头寺原址，殿前两根蟠龙石柱，系遗存原址。经风霜，历雨雪，沐日月，便有了虬龙拜紫绕穹宇、一份天降之感的神秘。再细看阶旁一段碑文，有掌故在此，主观主义幻化出的神秘，生生被遁回现实，不得不叹服古匠人精湛的石雕工艺。

雄风殿内，是一组"项羽史迹展"壁画、一组"群雄逐鹿"漆画及一组"会稽起兵"漆画。殿内陈列着诸如铜壶、铜鼎、铜尊、漆钫、铜盖豆等战国文物。壁画无声、漆画无语，文物静默不言，但岁月有痕。在"天下苦秦久矣""楚虽三户，亡秦必楚"风云之际，项羽肩负国仇家恨，一部起兵史、一部灭秦史便载入青云史册。年轻时代的周恩来对其评价："具并吞八荒之心，叱咤风云之气；勇冠万夫，智超凡俗；战无不胜，攻无不取。敌邦闻之而震魄，妇孺思之而寒胆；百世之下，犹懔懔有生气，岂仅一世之雄哉！"李清照亦云："生当作人杰，死亦为鬼雄。至今思项羽，不肯过江东。"

英雄不以成败而论。虽山河易主，终归于汉，但其重情重义、敢作敢为、无畏的英雄气质、卓越的军事才能，成为历代文人墨客笔下的千古仰慕、万世赞词。

雄风殿一隅，惊喜发现，一缸幽碧，静置其间。就这么一口水缸，普普通通，不曾诗文加身，未着华彩附体，在被世人遗忘的角落里，不悲不喜、不惊不扰、不忧不惧，一如仓央嘉措的诗句。果真如此，这缸莫非仓央前世之肉身、今世之凡体？缸内并无开合莲花，新叶染翠，任意托举，不知托附着怎样的心事与期翼。纪伯伦言："灵魂像一朵千瓣的莲花，自己开放着。"既如此，谁敢断言，它不曾盛开过，灵魂便是莲花一朵。林清玄亦如是说："柔软心是莲花，因慈悲为水、智慧作泥而开放。"心若慈悲，入目皆莲。斑驳的光影投射之下，几片低叶上有水珠在滚动，便臆想成那是一汪盈盈泪眼。是项羽"虞兮虞兮奈若何"痛别时的肝肠寸断？抑或仓央"我欲红尘佛欲经，何能破茧生"的人生哀叹？甚或陆游"泪痕红浥鲛绡透"的爱情凄婉？幽水若潭，深不见底，答案不得而知。同样不知，水中会否有游鱼往复嬉戏？驻足于此，并未现鱼。于是便幻想着从辛弃疾《西江月》中，挑选最喧闹的青蛙放入一只，增添点鲜活气息。下一念遂起，不忍心打扰其修行的净寂，便就此识相离去。

至一圆门前，几处石块，整齐有秩，斜倚在雄风殿东侧。据说石头是有灵魂的所在，一向遇石，便会仔仔细细审视几番，耗心费力去验证其奔赴今生的前世。这些石头倒也干干净净、清清白白，竟一字不存，不知道是否刻意躲避着什么，恐被揭出惊人身世？莫不是陶翁的"醒石"跌落凡间，碎成点点与斑斑？罢了罢了，不允细究，继续前行。

出了拱形朱门，豁然开朗，假山怪石，竹影扶疏，别有洞天。鸿门宴蜡像馆、锦衣亭，点缀其间。因这丛修竹、一旁矮墙，偏门门环久锁，引发"因过竹院逢僧话，偷得浮生半日闲"的联想。僧是不曾遇到的，但于这世外桃源，道是尽情消受了半日清闲。

前方，择左道可直达秋风院西院，因不愿错过更多景点，乃从小径，取道东侧碑廊，绕行至西院。碑廊东入口处，乌骓槽、系马桩，带着时光老去的伤，沉睡小池旁。汗血乌骓，不知身在何方？

碑廊就山势上下而建，东西约百米，中有一亭一轩。芜杂摒却，只身穿行于碑画字廊，观文人墨迹，赏雅士诗笺。就在那个逆行的时间点，穿越时空的阳光远道而来，浅笑嫣然，洞见心在一点点返朴自然。

过了集萃亭，便至追胜轩，喜欢轩内翻牌游戏，不同于宫内皇上翻牌子，此番系成语典故翻牌，后人为楚汉之争凝集了太多的成语典故："力能扛鼎，一日千里，披坚执锐，人为刀俎、我为鱼肉，单枪匹马，卷土重来，先发制人，三户亡秦，项庄舞剑、意在沛公，破釜沉舟，暗度陈仓，江东父老，四面楚歌，霸王别姬，养虎遗患，取而代之，判若鸿沟，一决雌雄，短兵相接，楚河汉界，所向披靡。"乏了翻牌游戏，移步碑廊外，近桌就石，来一次天然纯呼吸。而"追胜轩"外，恰逢其时就设置了这样石制的一桌两椅，巧符心意。坐于石上，听蟋蟀的叫声不绝于耳际，因心绪怡然，未感受叶圣陶先生因虫声而引起一系列的"劳人的感叹""秋士的伤怀""独客的微喟""思妇的低泣"。这些都过于消极，心所接收到的频率是月色复圆的靡靡之音、小溪回归的泠泠之乐、天籁齐欢的叮叮之曲。是蟋蟀将碎碎念的喜悦，反复吟哦。自此，相思于草丛之间，擅自周游列国。

泰戈尔说过："莲花的花瓣不会永远闭合，深藏的花蜜定将显露。"果不其然，西行数步，便一眼看到了莲。一池密不透风的莲叶，层层重叠，粉色的莲花，以一丝不苟的告白方式，重塑了自己。池中两鹤，或引吭高歌，或低眉照水，此两鹤不知是否为张山人"甚驯而善飞"的那两只，"旦则望西山之缺而放焉，纵其所如，或立于陂田，或翔于云表；暮则傃东山而归。"倘若如此，这两鹤即为张山人心头所爱，一时贪玩至此。想放鹤亭距此地不远，权作小憩，亦在情理。即为张山人所爱宠，则非野鹤，但韦应物一句"心同野鹤与尘远，诗似冰壶见底清"，不邀而至，忽上心头，改野字为闲，妥妥应景。

沿西侧碑廊拾级而上，感受山风如此慷慨大方，给予尘世几许清凉。风应该是懂文字的，行走之时，分明看见风把碑廊的每个字都细读一遍。或许风自楚汉而来，识过烽火、狼烟、马嘶；识过刘邦、项羽、虞姬，如此说来，便是旧相识。

思绪反复折叠，出离人间。尾随其后的山林暗影，逐渐力不从心，体力不支地微喘着，跟不上思绪的脚步。当暗影远远落于身后时，不觉已至西院——"秋风院"。眼前这殿为秋风院正殿——"戏马堂"。西侧碑廊尽处，位于"戏马堂"正殿后方，曲径通幽之所。未至正殿，于殿后隐约听得有仙乐飘飘。至于是何曲目，且待入殿细听。寻曲之心愈甚，未作稍事休息，便径自去了正殿。许是缘分，殿内循环着不同的琴曲，而己所听到的曲目恰是之前弹奏过的古琴曲《阳关三叠》。虽日久未弹，琴已蒙尘，但熟悉的旋律直抵心尖。本是王维的送别诗，被谱以琴曲，一个"叠"字反复，放大了世间所有的离情别绪。曲由心而出，彼时弹奏之际，为王维的愁绪所代入，有淡淡感伤萦于心、弦之上。而今，此时此景，观殿内全景《霸业雄风胜景图》，现代灯光高科技运用，日景、晚景交替变幻，再现雄风胜景：项羽、虞姬并肩临台阅兵的气势恢宏；项羽率兵破釜沉舟的征伐英勇；屋舍俨然、鸡犬相闻的天下太平。感项羽戎马一生，不禁为之悲怀而潸然。

东配殿——"彭城大战"，与"巨鹿大战"画面相比，这幅油画予人视觉画感更震撼：数以万计披坚执锐的将士，排山倒海般冲向战场，杀伐声声彻九霄，尘土俱扬，烽火漫空。整幅画面处理以玫红、橘黄、淡黄为主色调，甚或项羽身披的氅袍亦是玫红色，整体带有洛可可的画风痕迹。许是一场捷战，画面上断无白骨残骸。画者不愿过多渲染血腥气，将美好与欢庆之心融入彩笔，绘就一幅宏大的征战画面。这一场彭城大战，项羽凭其雄才大略、卓越的军事天才，以区区三万兵力，击退刘邦五十六万大军，创造了战争史上以少胜多的神话。

西配殿——"大幕天垂"：进得殿内，入目是巨幅"霸王别姬"油画，一种厚重的悲壮被压抑着解读。垓下一战，兵疲粮尽，项羽悲凉唱道："力拔山兮气盖世！时不利兮骓不逝！骓不逝兮可奈何！虞兮虞兮奈若何！"刚毅如她、坚贞如她，遂和之"汉兵已略地，四方楚歌声。大王意气尽。贱妾何聊生。"果断一剑自刎，香消玉殒。青砖、剑鞘血迹斑斑，此刻这红色如此刺眼，项羽身披的氅衣鲜红亦是，相互呼应着，一种血腥感充斥着整个画面。夜幕低垂，天空被层层乌云包裹着、压抑着，空气瞬间凝滞，窒息地令人说不出话来。画面中，项羽以背示人，跪于虞姬面前，看不到他的面庞，但是可以想象到彼时他那种痛彻入骨的悲伤与绝望。虞姬以此般史诗悲壮式离世，保全了自身清白，与挚爱生死相随。爱得如此惨烈、如此厚重，让人感叹不已、感怀不已。甚喜此幅"霸王别姬"油画，每每前来，泪满衣襟，久久不能自已。不知今世，项羽虞姬是否还会幸福地生活在一起？余秋雨说过："一堵壁画，加上壁画前的唏嘘和叹息，才是这堵壁画的立体生命。"我谓，不止于唏嘘和叹息，还有泪迹，致人垂泪，更具生命力、感染力。

移步中庭风云阁，登高望远，环山耸翠，高楼林立，想象着在这些楼宇之间，寻找当年项羽阅马的威仪。因刘勰一句"神居胸臆，而志气统其关键"，于是乎调集所有的想象，拭净自刎之剑，寻回汗血乌骓，将日历翻至公元前202年，在历史的特指处，时见旌旗猎猎，谈笑自若；时闻马蹄踏踏，雄心勃勃。垓下一战，刘邦遁逃，汉败楚捷。虞姬项羽，依旧卿卿我我。而这些只是，我一厢情愿将结局改写。

下了风云阁，西侧便是"秋风戏马"池。小池不大，一池一"山"，看惯了国画中的人文山水，再观这池，当属微缩景观，"移天缩地"，浑似园林中的小家碧玉。诸如此类的假山鱼池小景，戏马台后园还有两处，大小不一，已述及的闲鹤憩池，另一所位于乌骓槽、系马桩处。仁者乐山，智者乐水，造园者将天地风物及儒家思想，倾心融入这造园艺术之中。池水不太深的样子，指动池水，微漾着，似虞姬浅笑梨涡，明媚动人。倘若以泰戈尔的想象，则为另一版本，池水乃云覆水于此，而后藏身于它石。

谈及园石，在园林艺术中，是不可或缺的存在，国画中亦如是，一向为文人墨客画师所钟爱。中国古典园林艺术的造景布势，皆依照中国山水画的布局理论，需层次分明，前后呼应，陪衬托景。艺术同源而互通。石有隔景之效，亦有平衡之功，还有障景之妙。山穷水复疑无路，因一石所障，步移景转，下一秒，便柳暗花明又一村。人生哲理遂藏于这一步一景之中，一转一换之间，须静心参悟方得。许是这园中，听经的一石、一草、一云、一水，因前世潜心修行，今世方得道。

园中访石，问石久矣，幸思绪未石化，趁人间清醒，移步"棋盘广场"去观棋。偌大一方广场，便是一盘棋。楚汉之争，约定以鸿沟为界，后这鸿沟演化为象棋中的"楚河汉界"。两军对垒，兵、车、将、相、炮，各司其职、各守其阵。楚汉之棋，落子无悔，精预测必占先机。"覆雨翻云着一争，分明死地要求生"。"巨鹿之战"这一棋局，项羽以破釜沉舟之势，笔走偏锋，置死地而后生，此局完胜。"星布重重阵脚深，不须轻敌事相侵。"怎奈"鸿门宴"因一步差池，满盘皆失。江山已非昨，英魂付翠柏。人生如棋，棋子于手，落子不同，结局不同。正因此，每行一子，当思当慎。

沉思之际，忽有一白蝶翩然而至，初以为它是随风飘来的碎纸，飞过时光斑驳的朱墙，飞过渐已老去的烟缕。就这样不受拘束，随性而飞，忽左忽右，忽高忽低。时而低飞贴青石，时而高飞入幽枝。过碑廊，穿荷池，时而混迹于棋盘上各棋子，时而又与往复的游客穿梭嬉戏，毫无惧人千里之意，且熟稔楚汉棋局。说它非虞姬化身，我是断然不信。张爱玲说："每一只蝴蝶都是从前一朵花的精魂，是花的前世来会见此生。"而我说，这只白蝶是虞姬的精魂，穿越前世来此会见今生的自己。恍惚际，白蝶已过东墙去。旋即，又一白蝶复至，同样路线，同样行迹，感觉为同一只，又或许，是前世的项羽，来寻今世的虞姬，因今又七夕，恰逢七夕。

离去之际，已近午时。入秋天气，仍然燥热充斥，院内的草叶都卷着边，将绿意沉入更深的心事。而我也悄将心事，藏于此。

2023 年 8 月 22 日

后 记

伏案多日，行笔至此，已近尾声。许是与词浸润甚久，忽觉案几、指尖有词香浮动，香盈一室。

恋词始于少女时代，在诗与词之间，独爱词。"词是最性感的文体"，"虽不识字人，亦知是天生好言语"。

汉字任意组合搭配，便赋予词以形、以骨、以韵、以律、以情致、以意境、以刚柔。

幸今生与词相识相伴，词中氤氲着缕缕清香，一直缠绵缱绻于心田，常因一字一句而反复品读，沉醉其间。流年似水，伴随着那份婉约朦胧与柔情，赏风花、品雪月、观生死、悲离别，豪放中、婉约里，轻触几许词中的奔放与伤感、安暖与柔软。因词，润了心，养了颜，穿越时空，与古人共赴心灵之约，与自己的灵魂遇见。

本书是我学词以来的作品，还有之前发表过的部分新诗和散文。在稿件整理汇集后，承蒙楚楚先生审阅、教正、拔高，又承蒙她在繁忙之中为拙著作序，所给予的肯定和嘉勉，使我心怀感念，惭愧难当。

词学深厚，本人深叹才疏学浅，作品仍有不足和缺陷，祈请方家同好给予批评指正。

特别感谢徐州市政协原副主席、市书法家协会名誉主席李鸿民先生惠赠墨宝！

非常感谢徐州市书画研究会副会长、市美术家协会副秘书长张洋先生惠赠书法大作！

路漫漫其修远兮，吾将初心依旧，静心修炼，争取今后能写出更好的作品，以不负楚楚先生的期望和教诲，更要回报这个复兴、辉煌的时代！

作　者

2023 年 8 月 7 日